Inge Ott wurde 1922 in Lahr, nicht weit von Freiburg, geboren. Dort besuchte sie auch das Gymnasium. Nach ihrer Ausbildung als Krankenschwester entschied sie sich dann für den Beruf der Bildhauerin. Sie zog 1941 nach Dresden, um dort an der Akademie für Bildende Künste in der Bildhauerklasse das Handwerk zu lernen. Wegen des Krieges wurde die Akademie geschlossen, und Inge Ott mußte erneut ihre Pläne ändern.

1964 veröffentlichte sie ihr erstes Buch. Seit dieser Zeit schrieb sie zahlreiche Kinder- und Jugendbücher mit dem Schwerpunkt Mittelalter.

Unter anderen erschienen folgende Bücher der Autorin: ›Der Cid‹, ›Geier über Montségur‹, ›Das Geheimnis der Tempelritter‹, ›Verrat! Feinde und Freunde um Wallenstein‹.

Der stumme Wächter. »Prag zur Zeit Rudolfs II., jenes merkwürdigen Kaisers, der sich mehr und mehr von den politischen Geschäften zurückgezogen hat, um sich in die Welt der Künste und Wissenschaften zu flüchten. In der Judenstadt wirkt der Hohe Rabbi Löw, nicht nur geistliches Oberhaupt der jüdischen Gemeinde, sondern auch ein bedeutender Gelehrter, ein Meister in den Geheimen Wissenschaften. Da die Prager Judenschaft ständig von Übergriffen des christlichen Pöbels bedroht ist, entschließt er sich dazu, in der Gestalt des Golem einen künstlichen Menschen zu erschaffen, der in Hinkunft über die Sicherheit des Ghettos und seiner Bewohner wachen soll.

Inge Ott verbindet die legendäre Überlieferung mit den Erlebnissen des Knaben Isaak, der in seinem Heimatstädtchen zufälliger Beobachter eines Kirchenraubes geworden ist. Um ihn mundtot zu machen, greifen die Verbrecher zu einem grausamen Mittel: Sie berauben ihn seiner Zunge. Von Rabbi

Löw aufgefunden und in seine Obhut genommen, wird Isaak geheimer Zeuge der Erschaffung des Golem, von seinem Wirken und seinem Ende.

»Das Fest- und Alltagsleben im Prager Ghetto um das Jahr 1600, die kaiserliche Burg auf dem Hradschin, das geschäftige Treiben in den Straßen und Gassen der böhmischen Hauptstadt bilden den farbigen Hintergrund des Geschehens um den Rabbi Löw und seinen Golem, eng verknüpft mit der abenteuerlichen Geschichte Isaaks und der Kirchenräuber. Daß daraus mehr geworden ist als nur ein geschickt arrangierter ›historischer Krimi‹, liegt an der Art, wie dies alles erzählt wird: mit großer menschlicher Anteilnahme, voller Ehrfurcht gegenüber der tiefen Weisheit jüdischer Glaubens- und Lebenslehre.« (Otfried Preußler, *Kulturpolitische Korrespondenz*)

Inge Ott
Der stumme Wächter

Eine Geschichte um den Golem im alten Prag

Fischer
Taschenbuch
Verlag

Fischer Schatzinsel
Herausgegeben von Klaus Humann

Veröffentlicht im Fischer Taschenbuch Verlag GmbH,
Frankfurt am Main, Februar 1996

Lizenzausgabe mit freundlicher Genehmigung
des Verlages Freies Geistesleben GmbH, Stuttgart

Gesamtherstellung: Clausen & Bosse, Leck
Printed in Germany
ISBN 3-596-80068-4

Gedruckt auf chlor- und säurefrei gebleichtem Papier

Inhalt

Das Erwachen

Isaak lag bewußtlos. Der Schmerz war noch nicht zurückgekehrt. Aus der Ferne kam das Rumpeln eines Fuhrwerks näher. Das schnelle Hufeklappern drang in Isaak ein. Sein Herzschlag raste, als seien wild fliehende Pferde in seiner Brust. Jemand machte brr! und he! Dann plötzliche Stille. Kein Hufgeklapper mehr. Ein wenig knarrten die Wagenräder und knirschten im Staub der Straße. Die Pferde traten unruhig auf der Stelle.

»Was ist? Warum hältst du an?« rief eine Stimme herrisch. Eine andere antwortete: »Im Straßengraben, Euer Gnaden, liegt einer in seinem Blut.«

»Sieh nach, was los ist!«

Isaak hörte, wie einer vom Wagen sprang und mit zwei Schritten zu ihm herankam. Er hörte ihn über sich schnaufen, aber er vermochte die Augen nicht zu öffnen.

»Ein Judenjüngel, Euer Gnaden!« rief dieser zum Wagen zurück. »Den hat man sauber zugerichtet!«

»Er wird was ausgefressen haben, der Jud. – Los, steig auf, es wird Zeit, daß wir weiterfahren!« Die Stimme klang ungeduldig vom Wagen her. »In einer Viertelstunde können wir das Stadttor von Prag erreichen, wenn wir uns beeilen.«

Der Mann zögerte. Er räusperte sich und spuckte

nahe neben Isaak aus. Unschlüssig trat er von einem Bein auf das andere. Dann riß er sich zusammen.

»Jawohl, Euer Gnaden«, seine Stimme schwankte. Ächzend kletterte er auf den Bock. Isaak hörte, wie die genagelten Schuhe auf dem Holztritt scharrten.

Die Zügel klatschten auf die Pferderücken. Die Achsen kreischten. Erst langsam, dann immer schneller und ferner stampften die Hufe den Boden. Mühsam öffnete Isaak die Augen.

Der Himmel, den Isaak über sich sah, war grau und unbewegt. Es war, als lege er sich auf sein Gesicht. Der Junge schaute teilnahmslos in dieses uferlose Grau hinein. Der Schmerz war noch nicht wieder da, das Bewußtsein war noch nicht vollständig in ihn zurückgekehrt. Die gefesselten Hände unter seinem Rücken waren erstarrt, und irgend etwas Hartverkrustetes rieb an seinem Hals. Am ganzen Leib fühlte sich Isaak wie feucht verklebt. Sein Kopf lag wie in einem Morast.

Vielleicht liege ich mit dem Kopf auf meinem Hut, und der ist voll mit gestocktem Blut.

Gleichgültig hatte er dies gedacht. Aber mit dem Wort ›Blut‹ kam der Schmerz schlagartig zurück und tobte in Isaaks Mund und Hals und machte sich Luft in einem furchtbaren, gurgelnden Schrei. Alles, was man ihm angetan hatte, blitzte grell in seinem Bewußtsein auf. Er hätte wohl nach seinem Mund getastet, wenn seine Hände nicht gefesselt gewesen wären, nach dem Mund, der bald die heiligen Sprüche hätte sprechen dürfen, die ein Dreizehnjähriger bei seiner Barmizwe * spricht, wenn er in den Kreis der erwachsenen Gläubigen aufgenommen wird. Dann hätte man ihn »Sohn des Gesetzes« genannt.

Aber der Mund, der das alles hätte tun dürfen, konnte nicht mehr sprechen: Es fehlte ihm die Zunge. Das Entsetzen über das, was mit diesem Mund geschehen war, raubte Isaak aufs neue die Sinne, und er stürzte in die Dunkelheit der Bewußtlosigkeit zurück.

Die große Verletzung

Der Himmel trübte sich mehr und mehr. Es begann schon zu dämmern, als zwei schwarze Punkte sich rasch den Hügel herabbewegten. Isaak sah nicht, wie sie sich ihm näherten, da er den Kopf nicht wenden konnte. Teilnahmslos lag er da. Er dachte nichts und fühlte nichts. Er war nur einfach da wie einer, der seinen Körper nicht mehr spürt, weil er schon dabei ist, ihn zu verlassen.

Die beiden Punkte wurden zu Gestalten, die auf der Straße herankamen, auf der zuvor der Wagen gefahren war. Der Wind griff ihnen in die Bärte und unter die Mäntel; sie sahen aus wie große schwarze Vögel. Als sie Isaak im Straßengraben fanden, sprangen sie erschrocken zu ihm hinunter. Sorgenvoll betrachteten sie ihn und bewegten die Lippen. Aber Isaak war zu schwach, um ihre Worte wahrnehmen zu können. Sie legten ihre Wanderstecken neben ihm nieder, wälzten ihn vorsichtig zur Seite und befreiten Hände und Füße

* Die jüdischen Begriffe werden auf S. 230 erklärt.

von den Fesseln. Dann ließen sie ihn auf dem Rücken liegen und eilten auf das nahe Wäldchen zu.

Isaak wartete nicht auf ihre Rückkehr. Was sie taten, bewegte ihn nicht. Sie waren dagewesen, jetzt waren sie wieder weg. Daß sie ihre Stecken neben ihm hatten liegenlassen, sagte ihm nichts. Er sah sich plötzlich in seinem kleinen hölzernen Kinderbett sitzen. Es war der Morgen seines fünften Geburtstags. Die Mutter kam nicht wie sonst, um ihn anzuziehen. Sehr lang hatte er im Bett sitzend auf sie gewartet, als sich die Tür ein wenig öffnete. Die gütige Stimme des Vaters drang durch diesen Spalt zu ihm herein:

»Kleide dich an, mein Sohn, du bist nun nicht mehr klein.« Da fiel es Isaak wieder ein, daß sich diejenigen von seinen Freunden, die den fünften Jahrestag ihrer Geburt schon hinter sich hatten, auch alleine anziehen mußten und nur am ersten Tag dieses neuen Lebensjahres von ihren Vätern in den Chejder geführt worden waren, in die Schule der Anfänger, wo sie die Buchstaben der Heiligen Schrift sprechen lernten. Von da an gingen sie allein.

Isaak fühlte die Hand des Vaters, wie sie ihm das Kipl aufsetzte, das flache Judenmützchen, das Isaak von jetzt an tragen würde, und wie die Hand sich um die seine schloß. Aber da war es nicht die Hand des Vaters, es waren die Hände der Männer, die aus dem Wäldchen mit einer Bahre aus Zweigen zurückgekommen waren und Isaak darauf hoben. Der Hut, in dem das Kipl steckte, blieb im Graben zurück.

Sie trugen Isaak hinauf auf die Straße und gingen der Stadt entgegen. Die Bahre schaukelte zwischen den Männern bei jedem Schritt. Isaak fühlte, wie Übelkeit in ihm aufstieg. Er wandte den Kopf zur Seite und erbrach das viele Blut, das er geschluckt hatte. Der Schmerz im Zungenstumpf kehrte mit ganzer Gewalt zurück und mit dem Schmerz das Wissen von dem, was geschehen war. In gespenstischen Bildern glitt es an seiner Seele vorüber: Die Toreinfahrt in seinem Heimatstädtchen, in der er sich vor seinen Freunden versteckt hatte. Sie hatten ihn nicht gefunden. Er hatte sich in der Mauerhöhlung zusammengekauert und keine Lust mehr gehabt, sich zu erkennen zu geben. Er war einfach in seinem Versteck geblieben und saß noch da, als sie die Suche längst aufgegeben hatten und heimgegangen waren. Und genau in dem Augenblick, als er die Mauerhöhlung verlassen wollte, waren zwei Männer gekommen, und er hatte gehört, was sie gesprochen hatten. –

Die Bahre wurde niedergestellt. Die Männer, die Isaak der Stadt Prag entgegentrugen, waren mit schnellen Schritten gegangen. Jetzt blieben sie stehen, um zu verschnaufen. Sie sprachen nicht miteinander und auch nicht mit ihm.

Aber jene beiden andern Männer, die sich so heimlich im Torbogen seiner Heimatstadt getroffen hatten, als es schon fast dunkel war, die hatten miteinander gesprochen, verstohlen flüsternd, und doch hatte Isaak ihre Worte verstanden und hatte erschrocken den Atem angehalten. Zwei Christen waren es, zwei Gojim, die in dieser Nacht die Christenkirche berauben wollten, und sie verhandelten die Beute, die sie dabei zu gewinnen hofften.

Hatte er richtig gehört? Isaak hatte es sich gefragt, als er endlich zum Oheim nach Hause lief, bei dem er wohnte. Oder hatte er doch alles falsch verstanden? Es ließ ihm keine Ruhe. Kaum war der Oheim zu Bett gegangen, hatte er sich aus dem Haus geschlichen und sich in der Nische eines Strebepfeilers der Kirche versteckt, dort, wo eine Heiligenfigur stand.

Nach langem Warten waren die Räuber wirklich aus der Kirche gekommen. Kaum sah er in der Dunkelheit ihre Gestalten. Er hörte, wie sie ein Signal pfiffen, und dann zerriß die Wolkendecke für einen Augenblick, und das Mondlicht zeigte ihm die Säcke, die sie miteinander trugen und in denen es verräterisch klirrte. Spähend hatte sich Isaak aus seiner Nische vorgebeugt, und darum hatten sie ihn entdeckt.

»Komm herunter!« hatten sie drohend geraunt. Es war keine Möglichkeit zur Flucht gewesen. Rasch hatten sie ihn geknebelt und gebunden.

Kurz darauf war aus einer Gasse ein Fuhrwerk gekommen, ein Planwagen, der mit Stroh und Töpferwaren angefüllt war. Eine Frau hatte die Zügel gehalten. Die Männer hatten die Säcke auf den Wagen gehoben. Auch Isaak hatten sie ins Stroh gestoßen, und schon war der Wagen weitergefahren. Aber nun saßen die beiden Männer auf dem Bock. Die Frau hatte sich zwischen die Säcke gesetzt; leise lachend hatte sie ihren Rock gelüpft und über den Raub gestülpt.

Die Bahre schaukelte immer rascher, die Männer, die sie trugen, eilten immer schneller auf das Stadttor zu. Die Dämmerung nahm zu. Isaak merkte von allem nichts. Es war für ihn kein Unterschied, ob er auf dieser Bahre oder im Planwagen der Räuber lag. Er konnte das nicht mehr voneinander trennen.

Angestrengt hatte er darauf geachtet, welchen Weg der Planwagen durch die schlafenden Gassen nahm. Vielleicht hatte er damals noch an Flucht gedacht. Mit einem Mal war er tief erschrocken aufgefahren, denn er hatte begriffen, daß die Räuber auf das Judenviertel zuhielten. Verzweifelt hatte Isaak in den Knebel gebissen und hatte an den Fesseln gezerrt, aber er hatte nicht verhindern können, was dort geschah:

Einer von den Räubern hatte ein kleines, silbernes Gefäß aus einem der Säcke geholt. Er war vom Wagen gesprungen und gleich danach ohne das Gefäß zurückgekommen.

»Na, Jud«, hatte er ihm zugeraunt, »da werden sich die Häscher morgen wundern, wenn sie bei euch Kirchensilber finden, wie ihr es angestellt habt, die Christenkirche auszurauben, hahaha!« Hämisch lachend hatte er die Pferde mit der Peitsche angetrieben.

Irgendwo war dann der Wagen abgestellt worden. Die Pferde wurden abgeschirrt. Isaak blieb allein zwischen Häfen und Krügen. Den Raub hatten die Männer mit ins Haus genommen. Morgen, so hatte Isaak gewußt, morgen werden die Häscher mit einer Horde von aufgestachelten Christen das Judenviertel raubend und plündernd durchziehen. Einige von den Glaubensbrüdern werden sie töten – die reichsten nämlich – und werden alles, was sie an Kostbarem finden, aus Rache für den vermeintlichen Diebstahl nehmen. Isaak hatte das Gesicht ins Stroh gebohrt und versucht, den

Knebel aus dem Mund zu streifen. Es war ihm nicht gelungen. Hände und Füße hatten schon angefangen steif zu werden. Es gab keine Möglichkeit mehr, die Glaubensbrüder zu warnen. Endlich hatte er es eingesehen. Von Hoffnungslosigkeit gelähmt, hatte er den Morgen erwartet.

Die Männer waren mit der Frau gekommen. Sie verstauten das Diebesgut weit hinten im Wagen unter dem Stroh. Der eine von den Räubern, in dessen Gesicht Isaak nun eine wulstige Narbe sah, befahl der Frau, sich wieder auf den Bock zu setzen. Die Männer spannten die Pferde an und kletterten in den Wagen. »Hü!« rief die Frau, knallte mit der Peitsche, und das Fuhrwerk tat einen Ruck. Neben Isaak saß der Mann mit der Narbe. Er wies der Frau den Weg. Isaak nahm an, daß ihm der Wagen gehörte, der nun langsam auf der Straße dahinschaukelte. Ja, so war es gewesen.

Auch die Bahre schaukelte langsam und wurde dann noch einmal abgesetzt. Isaak hörte eine Stimme über sich, und wie aus weiter Ferne drangen die altehrwürdigen Segensworte in sein Bewußtsein.

»Gesegnet sei dein Ausgang und dein Eingang! Wir sind in Prag.« Die Worte taten ihm wohl. Er konnte nicht antworten. Auch die Augenlider waren mit einem Mal wieder so schwer, daß er sie nicht heben konnte. Aber er hörte die Geräusche der Stadt. Stimmen waren um ihn, Hunde bellten, und das Pflaster dröhnte, wenn einer darüberritt. Nahe neben ihm stieß ein Mann Flüche in deutscher Sprache aus. Eine Tür schlug zu. Fenster wurden aufgerissen, und Weiber schrien auf tschechisch nach ihren Kindern. Ein Mann beklagte sich quengelnd über seinen Lehrling. Es erinnerte Isaak an den ewig nörgelnden Oheim.

So wird er mich schelten, wenn ich wieder heimkomme, dachte er. Er weiß ja noch nicht, daß mich Räuber mitgenommen haben. Erst nachdem Isaak tagelang im Planwagen gelegen hatte, hatten die Räuber geglaubt, nun würde gewiß niemand mehr den Judenjungen kennen. Sie hatten ihn aus dem Wagen gezerrt und in den Graben geworfen. Das Letzte, was er von ihnen gesehen hatte, war der rote Rock der Frau, der über und über mit Flicken besetzt war. Ein Windstoß hatte ihn wie ein Segel gebläht.

Der Geschirrwagen war irgendwohin weitergerumpelt. Schwach und elend vor Hunger war Isaak sofort im Graben eingeschlafen.

Aber kurz darauf war der eine von den Räubern zurückgekommen, hatte sich Isaak auf die Brust gekniet und ihm die Kiefer auseinandergerissen. Und dann der Schmerz und das viele Blut. Breitbeinig war der Mann zum Geschirrwagen zurückgetappt, der nur ein kleines Stück weiter vorn auf der Straße angehalten hatte. Er hatte ein Büschel Gras ausgerissen und sein Messer damit abgeputzt. Während er es in die Scheide schnallte, rief er: »Jetzt sind wir vor dem Judenbengel so sicher, als sei er tot. Und wir haben ihn doch nicht umgebracht! Stirbt er, dann ist es nicht unsere Schuld.«

Geborgen

Isaak versuchte krampfhaft, die Augen zu öffnen. Wenn er die Augen offen hätte, dachte es in ihm, dann würde der Mann, der die Bahre am Kopfende trug, vielleicht noch einmal die Segensworte sprechen. Er hatte die Worte auf hebräisch gesagt, aber nun gab es Stimmen um ihn herum, die jiddisch sprachen, und es klang ein klein wenig anders als das Jiddische in Isaaks Heimatort. Isaak wußte nun, daß er sich im Judenviertel von Prag befand.

»Scholem alejchem, Rabbi Löw!« grüßte jemand in der Nähe.

»Alejchem Scholem«, antwortete die Stimme, die vorher die Segensworte gesprochen hatte. »Friede sei mit euch.«

»Du bist mit einer traurigen Last beladen, Rabbi Löw! Wo hast du den Jungen gefunden?« fragte ein Mann mit näselnder Stimme.

»Eine Wegstunde vor dem Nordtor, Abraham Chajim. Ich will ihn zu mir nach Hause nehmen und ihn pflegen. Gott, sein Name sei geheiligt, möge uns dabei helfen, nicht wahr, Jakob?«

Der andere Bahrenträger sagte leise: »Ja, das möge er tun nach seinem Willen.«

»Verzeih, Rabbi«, sagte Abraham Chajim, »aber er sieht so aus, als wäre es höchste Zeit, ihm den Schemot auf die Lippen zu legen. Und morgen wirst du vielleicht schon eine Bütte voll Wasser vor deinem Haus ausschütten müssen.«

Der Schemot! dachte es in Isaak. Hinter seinen geschlossenen Lidern stand das Bild der Wohnstube aus seinem Elternhaus. Zwei Lager waren dort hergerichtet, auf welchen die Eltern aufgebahrt waren. Die Klageweiber hatten sich im Haus eingesperrt aus Angst vor den streunenden Christenhorden. Es war Aufstand gewesen.

Aufstand? – Die Ernte war mißraten, darum hatte man viele Juden erschlagen und ausgeraubt. Auch die Eltern. Wer sollte denn sonst das Unheil über die Felder gebracht haben?

Gerade rechtzeitig zum Sterben der Eltern war der Rabbi aus einem Nachbardorf zurückgekommen. Er hatte das heilige Wort gesprochen, das den Sterbenden die Auferstehung verheißt:

»Höre, Israel, ER, unser Gott, ER ist einer!« Und er hatte das Wort ›Schemot‹ auf zwei Zettel geschrieben und den Eltern auf die Lippen gelegt. Es wird ihnen das Tor zum ewigen Leben öffnen, denn es ist dies die ehrfurchtsvolle Umschreibung des Gottesnamens, den keiner nennen darf. Gebannt hatte Isaak auf die beiden Zettelchen gestarrt, die kaum merklich im Atemrhythmus gezittert hatten. Sie hatten fast gleichzeitig zu zittern aufgehört. Jemand hatte ihn an der Hand genommen und rasch aus dem Haus geführt. Und in diesem Augenblick hatten die Mägde den Bottich mit Wasser vor der Tür auf der Straße ausgeleert, zum Zeichen, daß dieses Haus ein Totenhaus war. Seitdem hatte Isaak beim Oheim gewohnt.

Die Bahre, auf der er lag, wurde nun am Kopfende hochgehoben. Isaak merkte, daß man ihn über eine

Stiege hinauftrug. Droben zwängte man sie durch eine schmale Tür. Jakob hob Isaaks Hand und legte sie oben über die Pfostenschrift. Und mit seiner freundlichen Stimme sagte er:

»Tritt ein im Schutz der Messusa, damit die Dämonen keine Gewalt über dich haben.«

Als Isaak das Glasröhrchen mit der Schriftrolle unter seiner Hand fühlte und die beschützenden Worte gehört hatte, ließ die furchtbare Spannung der letzten Tage nach. Wohltuende Tränen quollen aus seinen geschlossenen Augen. Es war ihm, als sei er zu Hause. Auch der Vater hatte nie versäumt, wenn er nach Hause kam oder wenn er von zu Hause auf eine seiner Handelsreisen ging, die Messusa zu berühren. Isaak wußte: dieser Ort ist gut für Leib und Seele. Hier bin ich geborgen.

Die Bahre war in einem Raum abgestellt worden, in dem es nach altem Gebälk, nach Staub und nach Leder roch.

»Wir wollen ihm dort an der Wand ein Lager herrichten, Jakob«, sagte Rabbi Löw. Isaak hörte, wie sie gingen, irgendwo rückten und rumpelten und mit Lasten zurückkehrten.

»Besorg warmes Wasser bei meiner Frau in der Küche, Jakob, damit wir ihn waschen können.«

Mit vorsichtigen, geschickten Griffen begann der Rabbi, Isaak zu entkleiden. Jemand stieß die Tür auf, und ein kühler Luftzug wehte herein. Isaak hörte Abraham Chajims näselnde Stimme:

»Du willst ihn doch nicht etwa in deiner Bücherkammer behalten, Rabbi?«

»Warum nicht? Hier habe ich ihn nah bei mir und kann auf ihn achten, Abraham Chajim, du hättest dich deshalb nicht hierherbemühen müssen.«

»Er wird dich mit seinem Gestöhne stören, Rabbi, wenn du die Heiligen Schriften studierst.«

»Ich will Gott, sein Name sei geheiligt, für diese Störung danken.«

Jakob kam mit dem Wasser, und die beiden Männer wuschen alles Blut von Isaak ab. Sie rieben seine Hände und Füße mit Öl ein, zogen ihm ein langes Hemd über und hüllten ihn in ein warmes, wollenes Tuch. Dann trugen sie ihn auf das Lager.

Obwohl der Schmerz in Isaaks Mund bohrte, tat ihm alles wohl, was die Männer mit ihm machten. Vertrauensvoll öffnete er den Mund, als die tiefe Stimme des Rabbi es ihm befahl.

»Es ist nötig, daß ich sehe, wie es mit deiner Zunge steht. Ich will dir Tropfen einträufeln, die heilen und den Schmerz lindern sollen. Sie sollen ein Anschwellen des Zungenstumpfes verhindern, damit du wieder freier atmen kannst.«

Die Tropfen brannten eine Zeitlang im Mund. Dann verging das Brennen, und Isaak kam es vor, als schwebe er. Der Schmerz war nur noch wie ein Signal aus weiter Ferne. Rasch schlief er ein und erwachte auch dann nicht, als der Rabbi nachts heraufkam, Isaaks Lippen sacht berührte und ihm wieder das Heilmittel einflößte.

Traumbilder stiegen auf und vergingen schattenhaft blaß, aber sie quälten ihn nicht. Er sah den roten Rock, den der Wind so riesig aufblähte, daß die aufgenähten

Flicken so groß wie Bettücher wurden. Er sah, wie das Zelttuch des Planwagens mit einem Mal mürb wurde und zu Staub zerfiel, so daß man in den Wagen sehen konnte, aus dem es silbern blitzte. Dann kam es ihm vor, als seien gar keine Pferde eingespannt, sondern seine Glaubensbrüder bückten sich unter der Peitsche.

Etliche Tage dämmerte Isaak so dahin. Manchmal beugte sich wie hinter dichtem Nebel ein Gesicht über ihn, das besorgt aussah. Dann wurde ihm immer etwas eingeflößt, das bitter schmeckte.

Als Isaak zu sich kam und die Augen öffnete, dämmerte draußen vor dem Fenster der Tag. Langsam kroch die Helligkeit über die schrundigen, mit weißem Sand bestreuten Bodenbretter, über einen Stuhl, an dem es kein Schnitzwerk gab, über den Tisch, auf dem Isaak eine Öllampe sah, ein Tintenfaß und ein Sandgefäß. Ein faustgroßer Stein beschwerte einige Lagen Papier.

Isaak verfolgte das Hellerwerden. Das Zimmer lag nach Westen. Es erhielt nur das Gegenlicht des Himmels.

Der Türpfosten, an dem die Messusa oben angebracht war, blieb grau. Isaaks Augen schweiften durch den helleren Teil des Raumes. Gegenüber seinem Lager war ein Bücherbord an der Wand, unter dem zwei weitere Stühle standen. An einem Haken hing ein samtener Beutel.

Ganz ähnlich hatte die Studierstube des Vaters ausgesehen, nur reicher. Seine Stühle waren geschnitzt, Lampe und Schreibzeug waren mit fremdländischen

Ornamenten verziert gewesen und aus edlem Stein. Er hatte sie von einer seiner Reisen mitgebracht. Auch in der Stube des Vaters hatte ein Samtbeutel an der Wand gehangen. In ihm hatte er die Gebetsriemen verwahrt, die jeder Jude von der Barmizwe an beim Morgengebet siebenmal um den Arm schlingt und um die Stirn legt, wie Gott es Moses befohlen hat. In der Woche, ehe er erschlagen worden war, hatte der Vater Isaak zu dem Samtsäckchen geführt und ihm die Twellen gezeigt und gesagt:

»Lern deine Sprüche, damit du die Barmizwe bestehst; bald sollst du der zweite sein, der in meinem Hause die Gebetsriemen trägt.«

Der Samtbeutel des Rabbi Löw war leer. Fragend schaute sich Isaak um. Da bemerkte er den Rabbi in der dunklen Ecke neben dem Fenster. Er kniete auf dem Boden, neben ihm stand die Handwaschschale. Sein Gesicht war nach Osten gewandt, dem Fenster abgekehrt. An seinen Augen sah Isaak, daß er im Gebet versunken war.

Isaak schaute gebannt auf dieses Gesicht. So also sah der Mann aus, der ihn gerettet hatte und der ihn so sorgfältig in seiner Studierstube pflegte! Sein Gesicht war schmal und lang, die dunklen Brauen buschig; bräunlichblaß war die Haut. Viele Falten umlagerten die geschlossenen Augen. Auch von den Nasenflügeln liefen Falten bis in den schwarzen Bart. Die Peies, die sich von den Schläfen bis auf die Schultern ringelten, waren ergraut.

Isaak wünschte sich, der Rabbi möge die Augen öffnen. Er konnte sich dieses Gesicht nicht lächelnd vorstellen. Es war ein geheimnisvolles, abweisendes, ja düsteres Gesicht. Es flößte ihm Furcht ein. Aber wie eine Blume sich öffnet, wenn die Sonne scheint, so verklärte sich das Gesicht des Rabbi in dem Augenblick, als die bläuliche Helligkeit in der Stube in eine gelbliche umschlug. Er öffnete die Augen, und als er merkte, daß Isaak wach war, lächelte er ihm zu. Alles Unheimliche war aus seinem Gesicht verschwunden.

Der Rabbi stand auf, verwahrte die Twellen in dem samtenen Sack und zog den Stuhl an Isaaks Lager. Er fühlte ihm den Puls, legte ihm die Hand prüfend auf die Brust und schaute ihm einen Augenblick lang hinter das abgehobene untere Augenlid. Eine Weile sah er ihm abwägend ins Gesicht, dann sagte er:

»Die Schmerzen in deinem Mund werden nun weniger geworden sein. Aber wenn du versuchen würdest, Worte zu formen, was ohne Zunge eine schwierige Sache ist, dann würden sie wiederkommen. Versuch es also nicht, auch wenn du mir etwas sagen willst oder wenn du etwas wissen möchtest. Ich will dich nicht fragen, wer dich so verstümmelt hat und warum. – Kannst du schreiben?«

Isaak nickte.

Der Rabbi nahm Papier und Schreibzeug vom Tisch und stellte alles neben Isaaks Lager auf den Boden.

»Wenn du mir etwas sagen willst, dann schreib es auf.« Er öffnete das Fenster ein wenig und ging hinaus. Isaak hörte seine Schritte auf der Stiege.

Erinnerungen

Zum erstenmal seit langer Zeit war Isaak nun bei klarem Bewußtsein. Er sah sich auf einem Lager liegen, auf dem er sich noch nicht einmal aufrichten konnte. Über ihm war die braune Zimmerdecke wie der Deckel eines Sarges. Eine Biene summte durchs Fenster herein und irrte eine Weile in der Kammer umher, ehe sie den Ausschlupf wiederfand. Dann war Stille.

Isaak dachte, daß es wohl keinen anderen Judenjungen gab, dem es so schlecht ginge wie ihm. Er dachte an seine Kameraden, vor denen er sich in jenem Torbogen versteckt hatte. Gewiß fehlte er ihnen, aber dennoch würden sie weiter Verstecken spielen. »Gesehen!« würden sie einander zurufen, und jeder würde laufen, um als erster am Ziel zu sein. Bitter verzog Isaak den Mund. Nie mehr würde er »gesehen!« rufen können.

Aber dann durchfuhr es ihn: Vielleicht hatten die Häscher das silberne Gefäß im Judenviertel schon gefunden, und die Christen hatten die Juden bestraft für eine Untat, an der diese keine Schuld hatten! Vielleicht lagen heute auch seine Kameraden geschlagen oder verstümmelt auf irgendeinem Lager so wie er. Ach, immer schlug man die Juden und fragte nicht nach Schuld oder Unschuld dabei. Ganz früher schon – vielleicht waren zweihundert Jahre seither vergangen –, als die Pest in den deutschen Landen gewütet hatte, wurden alle Juden als die Urheber dieser Seuche verjagt. So hatte es der Vater erzählt. Aber auch die Pest war ja ein Unglück, für das die Juden nichts konnten.

Viele von ihnen waren selbst daran erkrankt. In armseligen Gruppen flüchteten sie nach Osten. Auch die Vorfahren des Vaters waren darunter gewesen. Sie hatten sich in Isaaks Heimatort angesiedelt.

Isaak wandte den Kopf und schaute zum Schreibzeug hinunter. Ja, er könnte viel schreiben, wenn er die Geschichte seiner Vorfahren erzählen wollte. Er ließ die Hand über den Rand des Lagers hinunterhängen und fühlte die trocken-rauhe Oberfläche des Papiers. Aber dann zog er sie wieder zurück: Ein einziges Menschenleben reichte nicht aus, um alles niederzuschreiben, was dem jüdischen Volk widerfahren war, seit es das Heilige Land verlassen hatte. Da war das, was Isaak am eigenen Leibe erlitten hatte, nur ein ganz geringer Teil. Es wird in dem großen Himmelsbuch, in dem alles Geschehen aufgezeichnet ist, nur eine winzige Zeile einnehmen. Nein, er wollte nicht schreiben, auch dann nicht, wenn er kräftig genug dazu wäre. Aber er hätte es gekonnt. Der Vater hatte ihn Warennamen und Zahlen auf seine Rechnungsbogen schreiben lassen, und Isaak war stolz gewesen, weil es ihm so gut glückte. Der Vater hatte die europäischen und die arabischen Schriftzeichen beherrscht. Eines Tages hätte Isaak das Geschäft des Vaters übernehmen sollen. Er wäre mit dem Vater auf Handelsreise gegangen, und schließlich hätte der Vater ihn alleine ausgesandt.

Nicht an die Vergangenheit denken! Isaak wälzte sich auf die andere Seite. Seine Augen füllten sich mit Tränen: auch an die Zukunft konnte er nicht denken. Was war denn die Zukunft für einen Stummen?

Jakob kam über die Stiege herauf. Behutsam öffnete er die Tür. Aber Isaak stellte sich schlafend.

»Essen!« rief Jakob leise. »Ich bringe dir Honigmilch.«

Vorsichtig stellte er das Geschirr neben Isaaks Lager auf den Boden, dorthin, wo auch das Schreibzeug stand. Dann ging er auf Zehenspitzen zur Tür. Bevor er hinaustrat, sagte er:

»Ich verstehe deine Traurigkeit.« Dann hörte Isaak, daß die Stufen der Stiege knarrten.

Es ist nicht schwer, dachte Isaak traurig, gegen einen Krüppel rücksichtsvoll zu sein, wenn man selbst noch eine Zunge im Mund hat! Und doch taten ihm Jakobs Worte wohl. Aber das Wort ›Krüppel‹ blieb in ihm hängen. Er faltete die Hände über den Augen, damit ihn nichts Äußeres in seinen bittren Gedanken stören konnte. Was konnte man alles ohne Zunge? Was konnte man ohne Zunge nicht?

Ich kann kein Handelsmann sein, ich kann kein Kantor werden, der in der Synagoge betet und singt. Ich kann kein Rabbi werden, denn ich kann niemals die heiligen Schriften auslegen.

Unten wurde die Haustür geöffnet, und für einen Augenblick war das Rufen eines Wasserträgers zu hören.

Nicht einmal das kann ich werden, dachte Isaak bekümmert.

Die Stimme des Rabbi ertönte:

»Hat der Junge gegessen?«

»Er schläft, Rabbi, ich wollte ihn nicht wecken.« Isaak dankte Jakob im stillen dafür.

»Ich will aber, daß er ißt!« sagte der Rabbi energisch.

»Geh solang an meiner Stelle in die Jeschiwe und leg den Studenten einen Satz aus der Gemara vor.«

Niemals, dachte Isaak, werde ich wie Jakob zu den Studenten in die Hochschule gehen können. Und niemals werde ich einen Satz aus den Lehrgesprächen unsrer weisen Vorfahren auslegen können!

Das Beste war, er würde von jetzt an keine Speise mehr zu sich nehmen. Dann würde er einfach an Entkräftung sterben. Er würde müder und müder werden und eines Tages einschlafen, um nicht mehr aufzuwachen. Was sollte er denn als Krüppel auf der Welt? Nein, er würde den Mund nicht aufmachen, wenn der Rabbi es wollte!

Aber der Rabbi rief schon von der Tür her:

»Leg deinen Kopf auf die Seite, ich will dir zu essen geben!« Und willig legte sich Isaak auf seinem Lager zurecht. Von dem Rabbi ging etwas aus, das keinen Widerspruch duldete.

»So läuft dir die Milch leichter in den Schlund, und du verschluckst dich nicht. Wenn du gegessen hast, kannst du mir vielleicht deinen Namen aufschreiben – wenn du willst.«

Der Rabbi flößte ihm mit einem kleinen Löffel die Honigmilch ein.

»In der nächsten Woche«, sagte er, »kannst du gewiß schon aus einem Gefäß trinken. – Tut das Schlucken noch sehr weh?«

Isaak schüttelte den Kopf.

Als der Rabbi ihm die ganze Milch eingeflößt hatte, reichte er ihm einen Bogen Papier und den eingetauchten Federkiel. Er schob ihm den Arm unter den

Kopf und stützte ihn hoch. Isaaks Hand zitterte heftig. Mit großer Anstrengung malte er ein ›I‹. Dann fiel ihm die Feder aus der Hand.

»Ein ›I‹ hast du geschrieben!« Der Rabbi nickte freundlich. »Es ist schön, daß dein Name mit einem ›I‹ beginnt. Das ›I‹ ist das Zeichen für den Ibbur, das weißt du ja.«

Isaak nickte. Wie gerne hätte er dem Rabbi geantwortet: Der Ibbur ist das Hinzukommen einer helfenden Seele zur eigenen.

Wie ein Kind im Mutterschoß, hatte der Vater gesagt, so kann auch in der Menschenseele eine neue Seele keimen. Zuerst ist sie hilfsbedürftig wie ein kleines Kind. Aber dann kann sie selbst zum Helfer werden.

»Da dein Name mit ›I‹ anfängt, könntest du Isaak heißen. Habe ich es erraten?« Isaak nickte. Ein kleines Lächeln huschte über sein Gesicht.

»Also grüße ich dich mit deinem Namen, Isaak«, sagte der Rabbi, und der Glanz, den Isaak schon kannte, trat in seine Augen.

Nachdem der Rabbi gegangen war, streckte sich Isaak auf seinem Lager aus und horchte in sich hinein, ob er das Werden des Ibbur in seiner Seele schon spürte. Darüber schlief er ein.

Der Baum des Lebens

Isaak wachte den ganzen Tag über nicht auf. Als er endlich zu sich kam, war es Nacht. Das Öllicht brannte. Rabbi Löw saß mit dem Gebetsmantel bekleidet auf dem Boden der Bücherkammer. Leise und wehmütig sang er die Mitternachtsklage des in alle Welt verstreuten Volkes Israel. Isaak kannte die Worte so gut, daß er hätte mitsingen können:

»Ach, wie ist Jerusalem verlassen, die Stadt, die einst voll Volkes war!«

Daheim hatte ihn dieses Lied in mancher Nacht geweckt. Dann hatte er sich in seinem Bett aufgesetzt, und die Trauer des Vaters über die finstere Galut – so nannte er die Verbannung aus Jerusalem – war auch seine Trauer geworden.

Der Rabbi nahm den Gebetsmantel ab und setzte sich an den Tisch. Im trüben Schein der Lampe sahen die Furchen in seinem Gesicht wie tiefschwarze Striemen aus. Er griff nach einem Buch, das neu aussah zwischen allen anderen. Die goldenen Buchstaben auf dem Deckel blinkten im Lampenlicht rötlich auf – für einen Augenblick nur, aber Isaak hatte sie erkannt. Auf dem Deckel stand: *Der Baum des Lebens*.

Von seiner letzten Handelsreise hatte der Vater einen solchen Baum des Lebens mitgebracht. Der berühmte ägyptische Rabbi Lurja hatte dieses Buch geschrieben, kurz bevor er mit achtunddreißig Jahren in Galiläa an der Pest gestorben war.

Ein Baum war da abgebildet, dessen rechter Ast ›immerwährende Kraft‹ und dessen linker ›unvergängliche Schönheit‹ hießen. In der Mitte des Stammes erstrahlte eine Sonne, die war eingerahmt von den Worten ›gerechtes Gericht‹ und ›Gnade‹, die zusammen eine Waage bildeten.

Der Baum wurzelte tief in der Erde. In seinem Wipfel trug er ein Vogelnest, in dem das Wort ›Messias‹ zu lesen war und ›Das Heil‹.

Der Vater hatte Isaak erlaubt, das Bild des Baumes zu betrachten. Der Baum war für Isaak ein großes Rätsel gewesen. Am selben Tag noch hatte er versucht, dieses Bild aus der Erinnerung in den Sand vor dem elterlichen Haus zu zeichnen. Der Sand war naß gewesen, aufgeweicht vom Hagel – von jenem Hagel, der die Ernte zerstört hatte. Der Baum des Lebens war für Isaak eng mit dem Tod der Eltern verknüpft.

Der Rabbi hatte beim Lesen Isaaks Anwesenheit vergessen. Es gab für ihn nichts anderes mehr als das, was er in diesem Buch las.

Nach langer Zeit schaute er auf, lehnte sich weit im Stuhl zurück und legte die Hände über die Augen. Seine Lippen begannen, sich zu bewegen. Erst murmelnd, dann aber immer deutlicher formten sie ein Wort, und endlich sprach es der Rabbi laut vor sich hin:

»Der Schemot!« Er seufzte tief.

»Es *muß* möglich sein!« Er beugte sich vor und sagte mehrmals nacheinander: »Wenn ich die rechten Worte gebrauche, muß es gehen! Es muß möglich sein, mit dem Schemot ein Wesen ins Leben zu rufen! Mit dem Schemot, mit dem Schemot, der die Sterbenden hinüberbegleitet! Es muß ein Wesen werden, das Furcht und Grauen einflößt.«

Mit dem Finger suchte er die Zeile, die er zuletzt gelesen hatte:

»Das Zimzum ist die Zusammenziehung des Unendlichen zur Welt.«

Lang blieb er über diesem Satz nachsinnend sitzen.

Dann schloß er das Buch, stellte es ins Bücherbord zurück und ging hinaus, ohne einen Blick auf Isaak zu werfen.

Tief beunruhigt blieb Isaak zurück. Was hatte er da gehört? Was hatte sich der Rabbi da vorgenommen? Ein Wesen wollte er ins Leben rufen, wie Gott – sein Name sei geheiligt – den Menschen ins Leben gerufen hatte? Wollte der Rabbi etwa einen Menschen machen? Hieß das nicht, Gott zu versuchen? War das nicht Lästerung? Hatten Dämonen ihm das eingeflüstert?

Und er, Isaak, war in der Hand eines solchen Mannes! Wäre es da nicht besser gewesen, der Rabbi hätte ihn im Straßengraben sterben lassen?

»Wir stammen aus dem Geschlecht Aarons, des ersten jüdischen Priesters, mein Sohn«, hatte der Vater gesagt, »darum sind wir für die Reinheit unserer Seele besonders verantwortlich.«

Sollte sich Isaaks Seele nun durch die Nähe eines Gotteslästerers beflecken? Wer könnte ihm nur raten, was er machen sollte?

Isaak dachte an Jakob, der mitfühlend gesagt hatte: »Ich verstehe deine Traurigkeit.« Könnte Jakob seine Sorgen und Bedenken verstehen?

Aber Jakob war ganz offensichtlich der Lieblingsschüler des Rabbi. Nie würde er Nachteiliges über seinen Meister sprechen.

Es bleibt mir nichts anderes übrig, dachte Isaak, als meine Heilung abzuwarten und dann so schnell wie möglich aus diesem Haus zu fliehen!

Oder handelte der Rabbi Löw im Auftrag eines Malach? Hatte ihm eine Wesenheit aus den zehn Umkreisen der Gottheit diesen Befehl gegeben? Wie sollte Isaak dies unterscheiden? Das Gesicht des Rabbi flößte ihm nur manchmal Vertrauen ein. Dann wieder erschien es ihm düster und hart.

Isaak lag mit offenen Augen grübelnd im Dunkeln. Erst als er lange Zeit in die Stille der Judenstadt hinausgehorcht hatte, als könne von dorther eine Antwort auf seine Fragen kommen, schlief er ein.

In der folgenden Nacht, als Isaak wieder hinauslauschend auf seinem Lager wachlag, wurde die Stille plötzlich gestört. Grölende Horden durchzogen die Judenstadt: Christen! Hier und dort klirrte eine Fensterscheibe, dann folgte rohes Gelächter.

Isaak brach der Schweiß aus. Er hatte Angst. Nur langsam verzog sich das Grölen und Johlen. Endlich wagte er, die Hände, die sich in der Decke verkrallt hatten, zu lösen.

Aber vorbei war die Gefahr nicht. Jetzt konnte man sich ausrechnen, wie es weiterging: Zuerst durchzogen die Christen wie mutwillige Kinder grölend die Gassen der Judenstadt und warfen mit Steinen die Fenster ein. Ein paar Tage später, wenn man schon fast nicht mehr an sie dachte, kamen sie mit Äxten zurück, zerschlugen die Türen der Ställe und jagten Ziegen und Hühner in die Stadtteile der Gojim. Danach blieb es wieder eine Weile ruhig. Aber es war die Ruhe vor dem Sturm, denn wenn die Horden nach ein, zwei Wochen zurückkehrten, brachen sie die Haustüren auf und raubten, was sie nur wegschleppen konnten. Mancher Jude wurde dabei erschlagen.

Zum erstenmal wünschte sich Isaak zum Oheim zurück. Aber auch dort war er ja nicht sicher, denn niemals war ein Jude irgendwo sicher.

Seit jener Zeit, als die Kreuzfahrer ausgezogen waren, um Jerusalem zu erobern, gab es für Juden keine Sicherheit mehr.

»Die Juden sind böse! Sie haben Jesus ans Kreuz geschlagen. Tötet sie, das ist gerecht! Raubt sie aus, und werft sie aus euren Städten! Es ist keine Sünde, wenn ihr sie betrügt! Sie essen das Blut von Christenkindern. Wenn sie sich nicht taufen lassen, dann jagt sie aus dem Land!«

Jedes Jahr hatte der Vater am dreißigsten März gefastet. An diesem Tag hatte der spanische König im Jahre 1492 zweihunderttausend Juden aus seinem Land vertrieben. Viele Verwandte der Großmutter waren unter ihnen gewesen. Der Tag hatte sich nun schon mehr als hundertmal gejährt.

Aber vor den Kreuzzügen waren die Juden geschätzte Händler und Geldverleiher gewesen, die mit den Handelsplätzen im gesamten Orient in Verbindung standen. Sie hatten Geld ins Land gebracht, sie hatten das abendländische Leben mit orientalischen Erzeugnissen bereichert. Der Vater, der gewiß kein armer Jude war, konnte sich mit den Händlern des zwölften Jahrhunderts nicht messen.

Isaaks Gedanken glitten durch die Jahrhunderte in die Vergangenheit hinab und stiegen wieder zur Gegenwart empor, und langsam verschwamm ihm das Damals und das Heute.

Besuch beim Kaiser

Jakob brachte die Morgensuppe. Isaak spähte mißtrauisch in sein Gesicht: Dieser Mann stand dem Herzen des Rabbi am nächsten, er mußte seine Gedanken kennen wie kein anderer. Jakobs Gesicht, soweit der Bart es sehen ließ, war blaß. Die Nase gerade, die Brauen fein geschwungen. Er hatte sehr schöne, ruhig blickende Augen. Vielleicht war er fünf oder sechs Jahre älter als Isaak.

Er könnte mein Bruder sein. Isaak ließ kein Auge von ihm. Wenn ich nur wüßte, dachte er, was er über den Rabbi denkt. Zweifelte auch er insgeheim an ihm? Hatte auch er sich in der Nacht geängstigt? Angst vor den Gojim? Werden wir beide eines Tages vielleicht hier gemeinsam sterben?

Jakob beugte sich freundlich über ihn. »Iß jetzt, es schmeckt wie Sabbatessen!« Beim Sprechen blitzten seine Zähne aus dem Bart.

Auch am Nachmittag brachte Jakob das Essen. Den Rabbi hatte Isaak den ganzen Tag über nicht gesehen. War er in der Jeschiwe?

»Der Rabbi«, sagte Jakob, als habe er Isaaks Frage gehört, »ist zur Audienz beim Kaiser.«

Isaaks Augen fragten: Wieso beim Kaiser? Er wußte wohl, daß der Kaiser in Prag auf dem Burgberg Hradschin residierte, aber was hatte der Rabbi mit ihm zu tun? Der Kaiser war der Beschützer der Christen, die den Juden so viel Unheil zugefügt hatten. Der Rabbi wurde Isaak immer unheimlicher.

»Der Kaiser schätzt die Weisheit unseres Meisters.

Rabbi Löw ist bei ihm, um für die Juden zu bitten. Du hast ja gehört, wie es heute nacht zugegangen ist, und kannst dir wohl denken, wie es weitergehen wird. Ich bin nur gespannt, was der Kaiser vom Rabbi fordern wird als Gegenleistung für ein gnädiges Gesetz!« Die letzten Worte hatte Jakob mit bitter verzogenem Mund gesprochen.

Isaak hob fragend die Brauen.

»Das letztemal«, sagte Jakob, »mußte der Rabbi zum Dank für den Schutz, den der Kaiser den Juden gewähren wollte, unsere Stammesväter Abraham, Isaak und Jakob beschwören. Sie sollten sich vor dem gesamten kaiserlichen Hofe zeigen.«

Und als Jakob Isaaks erschrockenes Gesicht sah, sagte er:

»Doch, doch, er hat den Hofleuten die Bilder der Stammesväter vor die Seele gezaubert.«

Gezaubert! Isaak schauderte. Also war der Rabbi doch ein Zauberer, einer, der die Kräfte der niederen Natur höher einschätzte als die Gotteskraft! Scheu schaute er Jakob in die Augen. Hielt er denn das, was der Rabbi getan hatte, für gut und recht? Durfte man denn die heiligen Stammesväter beschwören – und noch dazu vor die Seele der Gojim rufen? Ach gäbe es den Vater noch! Er allein könnte ihm sagen, was recht war vor Gott und was nicht. Er wüßte genau, was für ein Mensch der Rabbi war, mit dem ein Kaiser Umgang suchte.

Isaak grübelte über alle diese Fragen bis zum Abend. Als es dunkel war, trat der Rabbi mit dem Öllicht in die Bücherkammer. Freundlich, aber ein wenig abwesend nickte er zu Isaak hinüber. Dann zog er ein anderes Buch vom Bord als letztesmal und öffnete es an der Stelle, wo ein Band eingelegt war. Isaak las den Titel. Es war das ›Buch des Glanzes‹, der ›Sohar‹. Holte der Rabbi auch aus diesem Buch die Worte für das, was er plante? Nur wenige verstanden dieses geheimnisvolle Buch zu lesen.

»Wenn du dreißig Jahre alt bist«, hatte der Vater gesagt, »bist du vielleicht reif und gefestigt genug, daß du in diesem Buch lesen kannst, ohne daß es dir schadet. Es ist voll von Geheimnissen – aber es sind keine Menschengeheimnisse, es sind die Geheimnisse der Natur, die darinnen stehen. Sollte ich vor dieser Zeit sterben, dann rühr es nicht an, bis du das richtige Alter dazu hast!« Isaak hatte es dem Vater in die Hand versprochen.

Das Öllicht flackerte. Noch immer verharrte der Rabbi, bewegungslos über das Buch gebeugt. Endlich stützte er den Kopf zwischen die Fäuste und schloß die Augen.

»Ich muß es wagen«, murmelte er. »Es bleibt uns keine Wahl. Ich kann und kann mich auf den Kaiser nicht verlassen.«

Die Störung

Am nächsten Tag war Freitag. Am Nachmittag hörte Isaak junge Stimmen vor der Haustür. Es wurden immer mehr, sie redeten und lachten fröhlich durcheinander.

»Die Jeschiwe-Bochers sammeln sich schon«, sagte Jakob, »du hörst sie auf der Straße lärmen. Sie wollen den Rabbi abholen, damit er mit ihnen vor die Stadt hinauszieht, um den Sabbat zu empfangen.«

Die Haustür wurde geöffnet, und der Lärm, den die Studenten machten, schwoll an. Isaak hörte Abraham Chajims Schritte auf der Stiege. Sein roter Schopf erschien in der Tür. Er warf einen giftigen Blick auf Isaak, während er zu Jakob sagte:

»Der Rabbi will, daß du heute mit den Jeschiwe-Bochers gehst, er hat noch was anderes zu tun.«

Abraham Chajims Kopf verschwand, und die Tür schlug donnernd zu. Jakob stand auf, um hinunterzugehen. Bevor er die Kammer verließ, wandte er sich um und sagte:

»Du mußt seine giftigen Blicke nicht ernst nehmen, Isaak. Er ist nur eifersüchtig, weil du hier so nah beim Rabbi sein darfst.«

Isaak seufzte. War es denn wirklich ein solches Glück, wenn man so nah bei einem Menschen war, von dem man nicht wußte, ob er ein Gerechter im Herrn oder ein von Dämonen besessener Zauberer war?

Das Lärmen entfernte sich auf der Straße. Isaak stellte sich vor, wie Jakob in der Schar der Studenten zur Stadt hinauszog. Draußen vor dem Tor werden sie singen:

»Geh, mein Freund, der Braut entgegen!

Laßt uns den Sabbat froh empfangen«, wie es der weise Rabbi Lurja mit seinen Studenten bis zu seinem Tod gemacht hatte.

Nie mehr, dachte Isaak, werde ich dieses schöne

Lied mitsingen können! Nie mehr werde ich so dem Sabbat entgegenziehen können. Auch der Vater hatte vom Sabbat gesprochen wie von einer Braut:

»Er ist die Braut unsrer werktäglichen Seele.

Die Werktagsseele hat drei übereinanderliegende Kammern, die miteinander verbunden sind. In der untersten wohnt die dunkle Triebhaftigkeit. In der mittleren wohnt das vernünftige Denken. In der obersten west der erleuchtende Geist.

Solang der Sabbat dauert, wird die Werktagsseele von der Sabbatseele wie von einer Braut umarmt und geheiligt.« Isaak erinnerte sich an viele Sabbate seiner Kindheit, aber das feierliche Gefühl, das ihn damals ganz erfüllt hatte, blieb aus.

Von der Küche her hörte er, wie die letzten Vorbereitungen zum Sabbatmahl gemacht wurden. Es roch nach Rosinenkiggel und der wie ein Zopf geflochtenen Challe. Die christliche Sabbatmagd kam über die Stiege herauf und stellte ein Handwaschbecken mit dampfendem Wasser neben Isaaks Lager. Während sie sich die Hände an der Schürze trocknete, schaute sie Isaak mitleidsvoll an. Und dann hörte er durchs Fenster das Murmeln vieler Männerstimmen. Die Synagoge mußte dicht hinter dem Haus des Rabbi sein. Jetzt wurde ein Psalm gesprochen, den vor undenkbar langer Zeit König David zu seiner Harfe gesungen hatte.

Später hörte Isaak, wie der Rabbi mit den Sabbatgästen zurückkam. Er hörte die Stühle auf dem Boden scharren dort unten, wo man sich zu Tisch setzte, um das erste Sabbatmahl einzunehmen. Jetzt zündete die Rebbezin die beiden Kerzen an, so wie es die Mutter immer getan hatte und wie es alle Frauen zum Beginn des Sabbats für ihre Familien taten.

Der Rabbi bat mit erhobener Stimme die Engel der Dienste zum Mahl. Dann stimmte er das Tischlied des Rabbi Lurja an, das auch der Vater immer gesungen hatte.

»Königskinder, voller Sehnen
nach einem Funken Gottesschau,
kommt aus dem Verließ der Tränen!«

Auch den Tischsegen sprach der Rabbi so, wie Isaak es gewohnt war. Alles geschah nach der Ordnung. Nichts war anders als zu Hause. Nichts ließ darauf schließen, daß der Rabbi ein Gotteslästerer war. Aus seiner Stimme hatte echte Frömmigkeit geklungen, echte Sabbatfreude, die jeder Jude empfindet, wenn die Neschama jetra in ihn eingezogen ist, die heiligende Sabbatseele. Isaak gab sich der Friedlichkeit dieses Augenblicks hin. Er entspannte sich und lag da, ganz offen für die Freude, die von dort unten zu ihm kam. Endlich zog auch in ihn die Feierlichkeit der Stunde ein. Da hörte er Geschrei von der Straße her.

»Macht auf, ihr Judenschweine!« Es wurde heftig an die Haustür geschlagen. »Aufgemacht, ihr Mordgesindel!«

Im unteren Zimmer war Totenstille. Dann weinte eine Frau. Ein Stuhl fiel um, und Isaak hörte die Schritte des Rabbi im Flur. Der Guckladen an der Haustür klapperte.

»Was wollt ihr?« fragte der Rabbi streng.

»Bist du der Ober-Rabbiner hier, was?«

»Der bin ich.«

»Einer von euch Juden hat eine Frau umgebracht. Man hat sie am Moldauufer gefunden, wo es zur Judenstadt gehört. Ihr braucht wohl Christenblut für eure Matzen, was? Mach auf, wir wollen sehen, wer bei euch ist!«

»Der Sabbat hat begonnen«, sagte der Rabbi. »Der Kaiser hat mir versichert, daß die Juden am Sabbat in ihrem Viertel ungestört bleiben. Richtet euch danach.«

»Der Kaiser weiß nichts von der Leiche. Vielleicht hat sich der Mörder bei euch versteckt, damit er uns Häschern nicht in die Hände fällt.«

»Ich sage euch noch mal, daß wir den Sabbat feiern und ungestört bleiben wollen. Wir stehen unter dem Schutz des Kaisers.«

»Man hat den Mörder gesehen, er soll noch sehr jung sein. Er hat die Frau ausgeraubt und sie dann in den Fluß gestoßen. Sogar die Kleider hat er mitgenommen. Mach also auf, Rabbi, wie wir es befehlen, sonst rammen wir deine Tür ein.«

Isaak hörte, wie der Rabbi öffnete. Schritte polterten ins Haus, Türen klappten, Geschirr fiel zu Boden. Die Stimmen verschwanden im Keller. Einer schrie dort unten prost. Nach einer Weile trampelten die Häscher die Stiege herauf. Die Tür zur Bücherkammer wurde aufgerissen, und Isaak sah sich drei hämisch grinsenden Gesichtern gegenüber.

»Da ist ja das Bürschchen! Wußten wir es doch!« riefen zweie gleichzeitig.

»Der lebt nicht mehr lang«, sagte der andere.

Nein! wollte Isaak entsetzt aufschreien. Ich nicht!

Aber in seinem Mund bildete sich nur ein gurgelnder Laut. Dann war ihm, als falle er durch Welten von Dunkelheit. Er hörte nicht mehr, wie Steine gegen die Haustür flogen und wie sich die Menge endlich johlend entfernte.

Angst

Angst! Es war das erste, was Isaak von sich wußte, als er zu sich kam. Dann fragte er sich, warum ihn die Häscher nicht mitgenommen, sondern plötzlich das Haus verlassen hatten. Warum er das gewohnte Lager unter sich fühlte, warum er in der Kammer lag, die er im Mondlicht als die vertraute erkannte. Hatte Rabbi Löw die Häscher überzeugt, daß Isaak nicht der Mörder war?

Aber dann kam die Angst zurück und bohrte, und mit einem Mal wußte Isaak, woher sie kam:

Die Kirchenräuber sind es, die meinen Aufenthalt herausgefunden haben! Das mit der Frau war nur ein Vorwand! Vielleicht hat einer von ihnen gesehen, wie mich der Rabbi in die Stadt gebracht hat? Vielleicht ist ihnen eingefallen, daß ein Judenjunge in meinem Alter schreiben kann – wenn er auch nicht mehr sprechen kann! Gewiß fürchten sie noch immer, ich könnte sie verraten! Gewiß haben sie die Häscher hergeschickt. Gewiß stecken sie mit ihnen unter einer Decke! Und dann sagte Isaak in Gedanken langsam zu sich selbst:

Es genügt ihnen nicht, daß sie mich verstümmelt haben.

Ich habe Angst.

Mühsam richtete er sich auf, schob die Beine aus dem Bett und ließ sich vom Lager gleiten. Der Boden war kühl und rauh vom Scheuersand. Isaak schob das Schreibzeug ins hereinfallende Mondlicht und tauchte die Feder ein. Mit großen zittrigen Buchstaben schrieb er:

KIRCHENRÄUBER ANGST

Seine Zähne schlugen aufeinander; frierend kroch er ins Bett zurück und zog die Decke über den Kopf. Ach, wäre die Nacht nur schon vorbei! Käme nur der Rabbi zum Morgengebet!

Der Mond rückte weiter und ging unter. Der Himmel wurde fahl, die Hähne krähten, erst nur ein einzelner, dann viele. Hunde bellten. Als die Tauben zu gurren anfingen, schlief Isaak endlich ein.

Isaak schlief bis in den Tag hinein. Der Rabbi hatte am Morgen das beschriebene Papier unter dem Fenster gefunden. Er hatte es lange in der Hand gehalten und sorgenvoll auf Isaak geschaut. Was hatte der Junge mit Kirchenräubern zu schaffen?

Aber dann fiel ihm ein, daß in einem Städtchen an der Elbe, das etwa drei Tagesreisen von Prag entfernt war, die Juden wegen eines Kirchenraubes mit Bußen belegt worden waren. Ein fahrender Korbflechter hatte es auf dem Synagogenplatz erzählt. Noch einmal sah der Rabbi prüfend auf den schlafenden Jungen. Warum hatte er hier in Prag vor diesen Kirchenräubern Angst? Hier gab es andere Leute, vor denen man sich fürchten mußte. Der gestrige Tag hatte es bewiesen.

Später, als der Rabbi von der Jeschiwe zurückkam, stieg er noch einmal zu Isaak hinauf, nahm wieder das Papier und las murmelnd, was Isaak in der Nacht geschrieben hatte. Dabei warf er ihm wieder fragende Blicke zu, so als wolle er wissen, ob diese Worte nicht das Resultat eines schweren Traumes waren. Aber Isaak, der dem Rabbi zugesehen hatte, deutete an, daß er sie bewußt niedergeschrieben hatte.

Rabbi Löw setzte sich, ohne das Papier aus der Hand zu legen, auf den Rand von Isaaks Lager.

»Ich glaube, wir sollten miteinander sprechen«, sagte er.

Isaak verzog schmerzlich das Gesicht. Er könnte dem Rabbi vieles sagen. Aber wie ohne Zunge? Zum Niederschreiben war es zu viel.

»Hat dieses da«, der Rabbi klopfte mit dem Finger auf die beiden Worte, die Isaak in der Nacht geschrieben hatte, »vielleicht etwas mit den Häschern zu tun, die dich gestern so erschreckt haben?«

Isaak nickte. Ja.

»Sind sie selbst Kirchenräuber?«

Nein.

»Sind diejenigen, die dich verstümmelt haben, Kirchenräuber?«

Isaak nickte.

»Waren es Juden, die dich verstümmelt haben?«

Empört schüttelte Isaak den Kopf.

»Also Gojim. Ich frage mich, warum du Angst vor ihnen hast. Glaubst du, sie seien in Prag?«

Isaak hob unschlüssig die Hände.

»Meinst du, sie haben die Häscher geschickt, um

deinen Zustand auszuspähen oder nachzusehen, ob du dich hier bei mir befindest?«

Ja.

»Du meinst, sie haben noch immer Angst, du könntest sie verraten?«

Ja. Isaak machte mit der Hand die Gebärde des Halsabschneidens.

»Du fürchtest, sie wollen dir das Leben nehmen?«
Ja.

Eine Weile dachte der Rabbi nach. Dann sagte er:

»Es ist möglich, daß du recht hast. Als dich die Häscher gestern gesehen hatten, machten sie sofort kehrt und verließen das Haus. Andrerseits haben mir meine Kundschafter gesagt, daß man wirklich die Leiche einer Frau am Ufer der Judenstadt gefunden hat. Das eine muß aber mit dem anderen nichts zu tun haben, jedenfalls nicht unbedingt!« Eine kleine Weile schwieg er, dann fuhr er fort:

»Du weißt wohl auch, daß die gojischen Mörder ihre Opfer mit Vorliebe in unser Ghetto schmuggeln, um uns die Schuld zuzuschieben. Es ist eine altbewährte Methode, die ihren Haß gegen uns schürt. Sie glauben ja alle daran, daß wir Christenblut essen! Und das nehmen sie als Grund, über uns herzufallen.

Seit Monaten sinne und sinne ich darüber nach, wie ich das Leben für unsere Brüder und Schwestern im Ghetto ungefährlicher machen könnte. Der Kaiser gibt mir Zusicherungen, aber er sitzt dort droben auf dem Hradschin zwischen seinen vielen ausländischen Abgesandten, mit denen er über die große Politik beraten muß. Was bedeutet da eine Handvoll armer Juden!«

Der Rabbi strich sich mit dem Ärmel über die Augen. Sie sahen müde aus. Dann schaute er hinüber zum Bücherbord, und Isaak, der dem Blick folgte, sah dort den Sohar stehen, das Buch des Glanzes, das Buch der großen Geheimnisse. Verwirrt senkte er den Blick. Er begriff, was der Rabbi wollte, aber er wehrte sich, es zu glauben: Der Rabbi wollte mit Hilfe der Geheimnisse aus dem Sohar ein Wesen zum Schutz der Judenstadt erschaffen!

Nein! hätte er am liebsten geschrien. Tu's nicht! Schon immer ist das Unglück auf der Seite der Juden gewesen, und doch hat sich kein Rabbi vor dir zu solchen Gedanken verstiegen! Und hat uns Gott nicht die finstere Galut auferlegt, damit wir für unsere Sünden leiden?

Aber dann kam Isaak der Gedanke, daß dieser Wächter ihn selbst ja auch vor den Kirchenräubern schützen könnte, die seinen Tod ganz sicherlich wollten, und er wurde in seinem Urteil schwankend.

Der Rabbi erhob sich und ging hinaus. Isaak war so verstört, daß er nur noch unglücklich vor sich hinweinen konnte. Er sah nicht mehr, wo er das Richtige wünschte und wo das Falsche begann.

Am Abend, nachdem Jakob Isaak gefüttert hatte, kam der Rabbi in Begleitung von Abraham Chajim zurück. Prüfend legte er die Hand auf Isaaks Brust.

»Dein Herz ist sehr unruhig«, sagte er, »und deine Wangen sind so rot. Ich will dir einen Kräutersaft geben, der dich beruhigen wird. Heute hast du einen dicklichen Brei zu essen bekommen, und bald bekommst du noch festere Nahrung. Du mußt jetzt kräftig werden. Ich möchte, daß du allmählich das Bett verläßt.«

Der Rabbi hatte Isaak bei diesen Worten freundlich übers Haar gestrichen, und Isaak hatte fast vergessen, daß es womöglich die Hand eines Zauberers und Gotteslästerers war, die ihn berührte.

Der Schem

Der Kräutersaft hätte Isaak einschläfern sollen, aber Isaak hielt sich gewaltsam wach. Gespannt horchte er zum Tisch hinüber, wo der Rabbi mit Jakob und Abraham Chajim leise sprach. Er konnte nicht alle seine Worte verstehen, aber soviel hatte er erhascht, um zu wissen, daß es um das Eindringen der Häscher ging, um die Frau, die man gefunden hatte, und darum, daß man den Juden die Schuld zuschrieb.

»Ich habe die einzige Möglichkeit, die Judenstadt vor gewalttätigen Übergriffen der Gojim zu schützen, in vielen nächtlichen Stunden überdacht. Ich bin zu einem Entschluß gekommen, bei dem mir Gott – sein Name sei geheiligt – helfen möge. Ich könnte aber das, was ich vorhabe, nicht aussprechen, wenn ich nicht wüßte, daß ihr meine Freunde seid, auf deren Hilfe ich bauen kann.«

Isaak war aufs höchste gespannt. Was würden Jakob und Abraham Chajim zum Plan des Rabbi sagen? Würden sie ihm zustimmen, oder würden sie ihn verdammen? Er versuchte, sich den Vater in dieser Runde vorzustellen, aber diesmal gelang es ihm nicht.

Die Stille, die auf die Worte des Rabbi folgte, wurde so tief, daß Isaak sie kaum ertragen konnte. Unruhig spähte er durch die zum Schein geschlossenen Lider.

Die drei Männer saßen bewegungslos um den Tisch.

»Ich fühle deine Gedanken, Rabbi«, sagte Jakob nach langer Zeit.

Und Abraham Chajim fügte dazu:

»Das Heil sitzt im Wipfel des Lebensbaumes, Rabbi, wenn sich drei Gläubige übereinanderstellen, können sie es erreichen. Wir sind zu dritt.«

»Ich danke euch.« Die Stimme des Rabbi klang rauh. »Also helft mir, meine Freunde, einen Wächter für die Judenstadt zu machen.«

Isaak atmete schwer. Jetzt hatte der Rabbi es ausgesprochen!

»Wann wollen wir beginnen«, fragte Abraham Chajim so, als denke er an keine Sünde. Vertraute er dem Rabbi bedingungslos?

»Drei Tage nach dem nächsten Sabbat«, antwortete der Rabbi. »Möge es so sein, daß ich den rechten Schem gefunden habe!«

»Es möge so sein«, antworteten die beiden.

Da dachte Isaak wieder an den Schemot, der auf den Lippen der Eltern gezittert hatte. Wie konnte man diesen und den Schem des Rabbi in eines bringen? Der Schem bedeutete doch immer dasselbe: die ehrfurchtsvolle Umschreibung des unaussprechlichen Gottesnamens. Und nun wollte der Rabbi mit dem Schem etwas ganz Abwegiges bewirken!

Aber noch während Isaak darüber nachsann, erfuhr er die Antwort auf seine Frage:

»Hast du auch schon die Sprüche bereit, Rabbi, die wir mit dem Schem verknüpfen müssen, daß alles wohl gelingt?«

»Ich habe für dich, Jakob, den Spruch, mit dem man dem Wasser befiehlt, sich dem Schem zu beugen. Und für dich, Abraham Chajim, habe ich den Spruch, der dem Feuer gebietet. Ich selbst werde den Spruch für die Luft sprechen. Und da wir alle diese Formeln der Erde entgegensingen, werden alle vier Elemente an den Schem geknüpft.«

»Also, laß uns drei Tage lang fasten, sobald der nächste Sabbat vorüber ist, Rabbi.«

»So soll es sein.« Der Rabbi seufzte erleichtert. Er nahm die beiden Freunde am Arm und ging mit ihnen hinaus, ohne sich nach Isaak umzusehen. Nur Jakob hatte einen forschenden Blick auf ihn geworfen. Isaak aber hielt die Lider geschlossen und achtete darauf, daß sie nicht zuckten.

Sabbatende

Drei Schritte hin, drei zurück. So fing Isaak zu üben an. Dazwischen legte er sich verschnaufend auf das Lager zurück. Drei Schritte hin, drei zurück. Und dann waren es vier und fünf, und es ging immer besser. Die Pausen nach den fünf Schritten, in welchen er auf seinem Lager neue Kräfte sammelte, wurden immer kürzer.

Nach einigen Tagen konnte Isaak schon fast eine halbe Stunde am Fenster stehen. Er sah hinunter in den engen Hof, in dem ein kleiner Verschlag war, der an der Hauswand lehnte. In ihm polterte und meckerte eine Ziege. Eine Katze strich um die Rückfront der Synagoge. Sie gehörte vielleicht in eines der kleinen Häuser, die ihre Fensterseite der Synagoge zugewandt hatten. Isaak sah über die niedrigen Häuser der Judenstadt hinweg, und sein Blick blieb an Zinnen und Türmen hängen. Dort, so dachte er, wo alles reich und schön ist, wohnen die Gojim. Und dann sah er rechts von einem Turm weit hinten einen Berg aufsteigen, der von einer Burg gekrönt war. Ein sehr hohes Kirchenschiff ragte dahinter auf, an dem noch gebaut wurde. Solch eine hohe Kirche hatte Isaak noch nie gesehen.

Dort droben auf dem Hradschin, dachte er, wohnt also der Kaiser. Und er wußte nicht, ob er ihm freundlich oder ablehnend gesonnen sein sollte. Der Kaiser war der Beschützer der Christenheit. Aber auch die Juden standen unter seinem Schutz. Nur, was brachte ihnen dieser Schutz schon Gutes? War er nicht nur ein Schutz auf dem Papier? Ein Schutz, den sich der Kaiser gut bezahlen ließ?

Ja, früher brauchte ein Kaiser die Juden wohl! Da waren sie ihm wichtiger. Früher gab es nur jüdische Wechselstuben. Und wenn der Kaiser durch zehn Länder zum Beispiel nach Italien reisen wollte, dann waren es die jüdischen Wechsler, die ihm auf Heller und Pfennig genau die zehn fremdländischen Geldsorten auf den Tisch zählen konnten, die er nötig hatte. Damals war es für die Christen verboten, Geldgeschäfte zu machen. Aber heute, wo man das sechzehnte Jahrhundert schon fast hinter sich hatte, heute gab es auch christliche Wechselstuben und in den Städten große christliche Banken oder die Handelshäuser mit ihren Kontoren, zum Beispiel die Fugger in der deutschen Stadt Augsburg.

Je näher der Sabbat rückte, desto aufgeregter wurde Isaak. Nach diesem Sabbat begann ja das dreitägige Fasten, das die Männer auf sich nehmen wollten, um würdig und geläutert zu sein für ihre Aufgabe. Als der Sabbat dann gekommen war, konnte Isaak die ganze Nacht nicht schlafen. Wie sollte denn das geschehen? Wie sollte denn dieser Wächter aussehen? Wird er so gelingen, wie der Rabbi es sich denkt? Wird nicht ein Blitz aus den Wolken fahren und das Werk zerstören? Wird Gott nicht Verwirrung unter die drei Freunde kommen lassen, wie er die Völker verwirrt hatte, die den Turm von Babel hatten bauen wollen? Den ganzen Sabbat über wurde Isaak von Ängsten und schweren Gedanken hin- und hergerissen.

Von der Synagoge her tönte dumpf das letzte Gebet:

»Uns ist aufgetragen, den Herrn des Alls zu preisen.«

Ach, dachte er bitter, auch wenn es mir danach zumute wäre, ich könnte es doch nicht. Wie soll denn ein Stummer diesen Lobgesang sprechen! Und ein Stummer werde ich mein Leben lang bleiben.

Dann hörte er den Rabbi mit den Gästen zum dritten Sabbatmahl kommen. Man setzte sich zu Tisch, und der Rabbi stimmte das Lied an, das am Höhepunkt des Tages gesungen wird, in der feierlichen Stunde, in der die Sabbatseele von der werktäglichen Seele wieder Abschied nimmt:

»Dieser Tag ist für Israel Licht und Freude«, und die geladen waren, sangen mit.

Isaak lauschte bekümmert. Als er die Worte Licht und Freude hörte, fühlte er sich unwürdig in seinen Ängsten und bittern Gedanken. Vielleicht hatte Gott – sein Name sei geheiligt – etwas mit ihm vor, was Isaak noch nicht durchschaute, und deshalb schickte er ihm so großen Kummer.

Wie konnte ich nur seinen heiligen Tag mit Trübsal verdüstern, in dem es nichts als Licht und Freude geben sollte? – Herr, ich bin schuldig vor dir, rechne es mir nicht an!

Kaum hatte Isaak diese Worte gedacht, da kam ihm ein Gedanke, der so köstlich war, daß er allen Jammer verdrängte:

Wenn der Rabbi einen Wächter für die Judenstadt machen wollte, mußte dieser auch eine Zunge haben! Einen Wächter ohne Zunge, das gab es nicht. Ein Wächter mußte rufen und sprechen können, er mußte warnen und drohen.

Isaak schaute hinüber zum Bücherbord. Dort stand das Buch des Glanzes, in dem alle Geheimnisse aufbewahrt sind! Dort mußte auch das rechte Wort für eine Zunge zu finden sein! Die Zunge war ja nur ein ganz kleiner Teil des Menschen, und wenn es wirklich Gotteslästerung war, einen Menschen zu erschaffen, dann war es gewiß eine viel kleinere Sünde, eine Zunge zu machen.

Er schob die Füße über den Rand des Lagers, streifte die Decke ab und richtete sich auf. Sein Herzschlag überschlug sich.

Wenn nun der Rabbi geschwind über die Stiege heraufkäme? Wenn er ihn vor dem aufgeschlagenen Buch finden würde?

Schon fühlte Isaak das Leder unter den Fingern. Er fühlte die golden eingepreßte Schrift auf dem Rücken: SOHAR

Aber noch während seine flatternden Hände es aus der Reihe zogen, hörte er die Stimme des Vaters: »Wenn du dreißig Jahre alt bist, bist du vielleicht reif und gefestigt genug, daß du in diesem Buch lesen kannst, ohne daß es dir schadet. Rühr es nicht an, bis du das richtige Alter dazu hast!«

Reif genug dazu? fragte sich Isaak. Ja, es wäre nutzlos, im Buch des Glanzes zu lesen. Er würde ja ein halbes Leben brauchen, bis er die Worte würde zusammengestellt haben, mit welchen man eine Zunge beleben kann. Ach nie, gar nie würde er das richtige Wort finden, denn zum Erkennen des Sohar gehörte, daß man ein Weiser war. Sonst las man zwar die Worte, aber ihren Sinn verstand man nicht.

Schlaff fiel seine Hand vom Bücherbord. Isaak schleppte sich niedergeschlagen zu seinem Lager zurück. Morgen, dachte er traurig, morgen beginnen die drei Fastentage, die der Rabbi angeordnet hat. Dann gehen die Männer an die Arbeit. Ich aber werde nicht einmal eine Zungenspitze fertigbringen und mein ganzes Leben lang ein Stummer bleiben. Mit diesen Gedanken kehrte Isaak zu seiner Traurigkeit zurück.

Unten in der Wohnstube verabschiedeten sich die Gäste. Langsam stieg der Rabbi in die Bücherkammer hinauf. Die Sabbatmagd begleitete ihn. Auf einem kleinen Tablett trug sie ein Öllicht, ein Glas Wein und ein Gewürzdöschen mit der Aufschrift ›Narde‹. Sie stellte das Tablett auf den Tisch und ging freundlich grüßend hinaus.

Rabbi Löw nahm den gefransten Talis vom Stuhl und zog ihn über den Kopf. Dann hob er die Hände und sprach den Segen über das Feuer, den Wein und das Gewürz. Isaak sah daran, daß er ganz nach Vorschrift den Sabbat aus seiner Seele entließ.

Dann träufelte der Rabbi ein wenig Wein auf die Fensterbank, und der Widerschein des letzten Tageslichtes erlosch in der kleinen glänzenden Lache. Zwei Sterne zogen am Himmel auf, und der Sabbat war vorbei.

Vorbereitungen

Am Morgen des nächsten Tages kamen Jakob und Abraham Chajim frühzeitig in die Bücherkammer. Jakob begrüßte Isaak herzlich, aber Abraham Chajim schielte mißgelaunt an ihm vorbei. Er redete auf Jakob ein, als seien die beiden allein im Raum:

»Du glaubst nicht, Jakob«, sagte er mit seiner näselnden Stimme, »wie kalt es heute in der Frühe war, als ich mein Schulklopperamt ausübte! Dabei sind die Mittage in diesem Herbst noch so heiß, daß man sich in die Moldau stürzen möchte.« Wichtigtuerisch blies er in die Hände.

Isaak schaute ihn an und verglich ihn in Gedanken mit dem Schulklopper seiner Heimatstadt. Wie anders war der gewesen! Ein kleiner, glatzköpfiger Mann, der immer zu Späßen aufgelegt war. Wenn der morgens durch die Straßen ging und – zum Zeichen, daß es Zeit war fürs Morgengebet – an die Haustüren klopfte, sang er laut selbstgereimte Verse. Manchmal waren sie sehr komisch, und man mußte den ganzen Tag über sie lachen. Das tat Abraham Chajim gewiß nicht. Jetzt, wo er merkte, daß Isaak ihn betrachtete, warf er unter halbgeschlossenen Lidern einen unsicheren Blick auf ihn und drehte sich hüstelnd um.

Jakob sagte: »Im deutschen Worms soll die Hitze in diesem Jahr so groß gewesen sein, daß sich manch eine Getreidescheune selbst entzündet hat. Der Rabbi weiß es von seinen Verwandten, die ihm davon berichtet haben.«

Zu Isaak sagte er: »Rabbi Löw stammt nämlich von dort, und mit richtigem Namen heißt er Jehuda Ben Bezallel. Die Sprache, die die Juden von Worms sprechen, klingt anders als die unsrige, aber der Rabbi lehrt nun schon so viele Jahre an der Jeschiwe von Prag, daß man es ihm nicht mehr anhört, woher er kommt. Nur wenn wir an der Jeschiwe Bochers haben, die von dorther kommen, spricht er mit ihnen, wie sie es gewohnt sind.«

Von der Stiege her waren die Schritte des Rabbi zu hören. Er begrüßte die beiden Männer herzlich. Dann führte er sie am Arm zu ihren Stühlen, und als er sich gesetzt hatte, nickte er freundlich zu Isaak herüber.

»Wieviel Schritte kannst du schon gehen?« fragte er.

Isaak hob beide Hände in die Höhe und schlug mit ihnen zweimal auf sein Lager.

»Zwanzig Schritte? Dann wirst du die Stiege auch bald bewältigen, und dann kannst du an die frische Luft.«

Der Rabbi schaute eine Weile vor sich hin, dann warf er jedem von den beiden Männern einen Blick des Einvernehmens zu. Die drei Männer richteten sich sitzend gerade auf, ihr Blick glitt in unbestimmte Ferne, und es war, als würden sie auf ihren Stühlen erstarren. Sie blieben so unbeweglich sitzen, daß Isaak fürchtete, ihre Lebensgeister würden ganz verrinnen.

Zuerst wagte er kaum, sich auf seinem Lager umzudrehen. Aber dann begriff er, daß sie ihn gar nicht bemerkten, daß sie überhaupt nichts Äußeres sahen: Sie befanden sich in der Kwanoth, das ist die Ausrichtung der Seele auf Gott.

Vorsichtig stellte Isaak die Füße auf den Boden. Er stand auf und ging zur Tür – die Augen unverwandt auf die Männer gerichtet. Dann schlich er hinaus.

Neugierig schaute er sich um. Die Bücherkammer des Rabbi lag auf dem Dachboden. Gegenüber von ihr war eine andere Tür. Isaak drückte die Klinke nieder. Er sah in eine Kammer, die kleiner als die des Rabbi war. Außer einem Bett und einem Stuhl hatten keine Möbel Platz. Unter der Fensterbank war ein Brett, das als Tisch dienen konnte. Isaak ging zum Fenster und schaute hinaus. Unter sich sah er eine Gasse, die von niedrigen Holzhäusern gesäumt wurde. Sie war nicht gepflastert. Auch in seiner Heimat waren die Straßen im Judenviertel nicht gepflastert. Die Rinnen, die sich von den Wagenrädern gebildet hatten, dachte Isaak, werden wie bei uns von gelbem Wasser gefüllt sein, wenn es regnet. Wenn ein Wagen in die Pfützen gerät, springen die Menschen zur Seite. Dann schimpfen die Männer, die Frauen raffen ängstlich die Röcke, und die Kinder schreien vergnügt.

Jetzt aber stiegen unter den Wagenrädern und Pferdehufen kleine Staubwölkchen auf. Die Erwachsenen, die durch die Gasse gingen, hatten dickbestaubte Schuhe; die Kinder schlugen barfuß ihre Reifen um die Wette vor sich her.

Und dort hinaus würde er nun bald gehen können! Isaak wußte nicht, ob er sich darüber freuen sollte oder nicht. Früher hatte er sich immer gefreut, wenn er draußen sein konnte. Aber jetzt, ohne Zunge? Und dann dachte er wieder daran, daß dort draußen, irgendwo in dieser Stadt Prag, vielleicht der Mann war, der ihm die Zunge genommen hatte: der Mann mit der Narbe. Daß seine Späher ihn, Isaak, vielleicht beobachteten, wenn er das Haus des Rabbi verließ. Seit jenem schrecklichen Sabbat war wohl mehr als eine Woche vergangen, in der kein Goj in die Judenstadt eingedrungen war. Aber das hatte wohl nicht viel zu bedeuten.

Isaak trat vom Fenster zurück. Als er sich umwandte, um wieder aus der Kammer zu gehen, sah er hinter der Tür einige Kleider an der Wand hängen, wie sie von Judenmädchen getragen werden. Leise zog er die Tür hinter sich zu und stand wieder auf dem Dachboden.

Rechter Hand sah er nun, daß vielerlei Gerätschaften unter dem Dach aufgestapelt waren. Links führte die Stiege nach unten. Sie war steil und bekam nur wenig Licht von der Dachluke des Speichers. Isaak konnte die Haustür, zu der die Stiege hinunterging, in der Dunkelheit nur ahnen.

Vielleicht gelingt es mir morgen, dachte er, dort hinunterzugehen. Geräuschlos öffnete er die Tür zur Bücherkammer, legte sich auf sein Lager und warf einen scheuen Blick auf die Männer. Sie bemerkten ihn nicht. Isaak sah, daß sie sich immer noch in der Kwanoth befanden. So bereiteten sie ihre Seelen auf das große Werk vor, das sie sich zum Schutz der Judenstadt vorgenommen hatten. Vielleicht, dachte er, vielleicht ist doch alles anders, als ich es denke?

Auch am zweiten Fastentag versammelten sich die drei Männer in der Bücherkammer des Rabbi zur Kwanoth. Und auch diesmal nahmen sie nichts Äußeres wahr. Isaak wälzte sich unruhig auf seinem Lager.

Mit einem Mal setzte er sich auf und lauschte in sich hinein: Ein Gedanke hatte sich auf den Weg gemacht, und jetzt hatte sein Bewußtsein ihn erfaßt:

Wo sollte denn diese furchtbare Tat getan werden? Wo sollte denn dieser Wächter ins Leben gerufen werden? Etwa hier, in dieser Bücherkammer? Hier, vor seinen, Isaaks Augen? Sollte er, Isaak, wirklich der Zeuge von solch einem Frevel sein?

Seine Zähne schlugen aufeinander. Hastig rutschte er ans Fußende seines Lagers und wühlte nach seinen Kleidern. Waren sie noch da? Oder hatte man sie ihm weggenommen? Jetzt brauchte er sie, um von hier zu fliehen. Weg, nur weg! Mit fliegenden Händen zog er sich an. Barfuß lief er zur Tür. Und dann tappte er mit steifen Knien die Stiege hinunter. Verräterisch quietschte der Riegel, die Tür öffnete sich, und Isaak stand in der grellen heißen Sonne. Geblendet kniff er die Augenlider zusammen. Er bedeckte mit seinen flachen Händen sein Haar, denn mit einem Mal dachte er, er könne es ohne Hut im Freien nicht aushalten. Es schwindelte ihm. Außerdem war ein Jude ohne Kopfbedeckung undenkbar. Womöglich entschlüpfte diesem ein hebräisches Wort, und das durfte nur mit bedecktem Haupt gesprochen werden. So wollte es das Gesetz.

Ein Scherenschleifer kam am Haus vorbei. Sein Schleifrad hatte er auf einem Leiterwägelchen angebracht, das von einem räudigen Hund gezogen wurde. Neben dem Schleifrad war eine kleine Glocke. Eine Schnur lief von ihr bis zu dem einen Hinterbein des Hundes, und das Glöckchen erklang bei jedem seiner Tritte.

»Frag deine Mutter«, rief der Scherenschleifer Isaak zu, »ob sie nichts zu schleifen hat!« Isaak kehrte sich erschrocken ab.

Ein Mausefallenhändler kam hinter dem Scherenschleifer her und übertönte das Gebimmel mit seinem schleppenden Singsang. Als Isaak die Worte verstand, zog ein kleines Lächeln über sein Gesicht.

»Kauft Mausefallen! Mausefallen!
Mausefalle is besser als Katz,
Katz macht unter Bett,
Mausefalle net!
Kauft Mausefallen, Mausefallen!«

Lächelnd schaute Isaak diesem lustigen Händler nach. Frauen kamen aus den Häusern und kauften ihm seine

Ware ab. Dann besann sich Isaak darauf, daß er hier stand, um zu fliehen, und nicht, um sich das Treiben in der Gasse anzuschauen. Aber wohin sollte er denn fliehen ohne Geld? Wie weit würde er denn kommen? Spätestens am Abend würde er vor Hunger so geschwächt sein, daß er nicht mehr weiterkäme. Mit hängendem Kopf ging er ins Haus zurück und schlich die Treppe hinauf.

Als er sich wieder auf seinem Lager ausgestreckt hatte, wurde er ruhiger. Es könnte ja auch so sein, daß der Wächter irgendwo anders erschaffen werden sollte, nicht in dieser engen Bücherkammer. Vielleicht auf dem geräumigen Dachboden der Synagoge oder sogar irgendwo weit außerhalb der Stadt. Er schaute zu den drei bewegungslosen Gestalten hinüber, und sein Blick blieb am Gesicht des Rabbi hängen. Es war sehr blaß. Isaak fühlte Mitleid in sich aufsteigen mit diesem Mann, der sich so um die Sicherheit des Ghetto sorgte, daß er darüber zum Zauberer wurde.

Dann kam der dritte Fastentag. Das erste, was Isaak beim Aufwachen dachte, war: Morgen! Morgen schon sollten die ersten Vorbereitungen zur Erschaffung des Wächters gemacht werden! Dann wird der Rabbi den Spruch sprechen und wird zusammen mit den Freunden die Elemente anrufen!

Ich will lieber nicht daran denken, sagte Isaak zu sich selbst. Ich will an andere Dinge denken, zum Beispiel an den Mausefallenverkäufer.

Aber es glückte ihm nicht. Immer wieder kehrten seine Gedanken zur Erschaffung des Wächters zurück, und immer wieder machten sie dort halt, wo der Wächter eine Zunge bekommen mußte. Der Rabbi, dachte er mit plötzlichem Frohlocken, der Rabbi *mußte* das wirkende Wort für eine Zunge sprechen! Es ging gar nicht anders! Daß der Rabbi den Schem zusammen mit den Worten aus dem Sohar als Zauberformel gebrauchte, schob er von sich. Warum bekümmerte ihn das eigentlich? Wollte er gerechter als ein Ober-Rabbiner sein? Nein, er wollte nur noch dabeisein, um diese Formel zu hören! Dann brauchte er nicht zu warten, bis er selbst für den Sohar reif genug war! Ein anderer hätte das Wort für ihn gefunden. Froh sah Isaak den drei Männern entgegen, als sie zur Kwanoth in die Bücherkammer heraufstiegen.

»Wieviel Schritte?« fragte der Rabbi lächelnd. Und als Isaak mit dem Finger eine Treppe in die Luft malte, rief er: »Die Stiege? So ist es recht!«

Abraham Chajim aber legte ihm wortlos einen Hut aufs Bett, und Isaak sah ihn verwundert an. Der Hut war nicht neu; ein Kipl steckte in ihm. Er war auch nicht sehr gut. Sicher war er für Isaak auch etwas zu groß. Aber Isaak freute sich über ihn. Dankbar schaute er zu Abraham Chajim empor. Dieser sah aber schon wieder mit scheelem Blick an ihm vorbei.

Als sich die drei Männer auf ihre Plätze setzten, bemerkte Isaak, wie elend sie aussahen. Das lange Fasten hat sie mitgenommen. Dann geschah mit ihnen dasselbe wie an den vergangenen zwei Tagen, und Isaak kam es vor, als sei er allein im Raum.

Nach langer Zeit, während welcher Isaak auf die Zimmerdecke gestarrt hatte, hörte er, wie jemand an die Haustür klopfte. Für einen Augenblick klang das

Klappern von Pfannen und Geschirr aus der Küche herauf. Dann erkannte er die Schritte einer Frau unten im Flur. Der Guckladen wurde geöffnet, und eine Männerstimme fragte von draußen:

»Bist du die Rebbezin?«

Isaak horchte angestrengt. Waren das wieder die Häscher? Kamen sie nun wirklich, um ihn zu holen? Er zog die Decke hoch bis an die Augen. Er schwitzte.

»Ja, was willst du?« fragte die Frau.

»Ich bin ein Bote des Kaisers.«

Isaak atmete auf. Nein, die Häscher waren es nicht.

»Komm herein«, sagte die Frau des Rabbi. Isaak hörte, wie sie den Boten des Kaisers in die Stube bat. Zum erstenmal vernahm er ihre raschen Schritte auf der Stiege. Erwartungsvoll schaute er zur Tür. Dann warf er einen neugierigen Blick auf die Männer, die noch immer in der Kwanoth waren.

Kaum hörbar klopfte die Rebbezin mit dem Fingerknöchel an die Tür: drei flüchtige, fast scheue Schläge. Isaak war ganz sicher, daß dieses leise Pochen die Männer nicht aus ihrer Versenkung wecken würde. Er hörte, wie die Rebbezin die Stiege wieder hinunterging.

Sie hatte aber die unterste Stufe noch nicht erreicht, da war der Rabbi schon aufgestanden. Auch Abraham Chajim und Jakob schoben die Stühle zurück und streckten ihre Beine aus. Der Rabbi ging hinunter, und gleich darauf war seine Stimme aus der Stube zu hören, wo er mit dem kaiserlichen Boten sprach. Die Männer in der Bücherkammer lauschten. Jakob warf Abraham Chajim einen bedeutungsvollen Blick zu.

»Der Kaiser«, sagte er bitter, »wird sich eine neue Bedingung ausgedacht haben für die Zugeständnisse, die er dem Rabbi kürzlich gemacht hat.«

»Wenn wir nur vorher noch Zeit genug haben, das zu tun, was für die Judenstadt das Nötigste ist«, murmelte Abraham Chajim.

Isaak erschrak. Würde der Kaiser den Rabbi wieder zum Zaubern zwingen? Mußte Rabbi Löw noch einmal den Stammvater Abraham aus der Un-Welt, dem Scheol, in die sichtbare Welt zurückrufen? War der Rabbi dann nicht ein Verstoßener vor den Augen des Herrn? Würde ihm dann Gott – sein Name sei geheiligt – noch die Kraft geben, den richtigen Schem zur Erschaffung des Wächters zu sprechen? Oder war es doch nicht ER, der Einzige, von dem der Rabbi die Kraft nehmen wollte, war es vielleicht doch ein Dämon?

Der Rabbi führte den Boten zur Haustür und ließ ihn hinaus. Dabei sagte er zu ihm:

»Überbring deinem Herrn meine besten Wünsche für sein Wohlergehen und sag ihm, es wird mir ein Vergnügen sein, ihm zu dienen.« Dann schloß er die Tür und kam herauf. Fragend schauten ihm die beiden Männer entgegen.

»Der Kaiser«, sagte er, »hat sich mit seinem Gefolge bei mir zum Festbankett angesagt. Er wolle wissen, wie die Kost der Weisen schmeckt, ließ er mir sagen.«

»Aber Rabbi!« schrie Abraham Chajim mit schriller Stimme, »in deiner Stube haben zur Not die Sabbatgäste Platz! Du hast keinen Palast, wo du den Kaiser mit seinem Gefolge unterbringen könntest!«

Der Rabbi schaute durchs Fenster. Dann wandte er sich Abraham Chajim zu. Er lächelte geheimnisvoll.

»Ich will sie aus der goldenen Schale des Überflusses speisen«, sagte er, »und jeder soll das bekommen, was er sich wünscht.«

»Und wann soll das sein, Rabbi?«

»Morgen.«

»Morgen ist Mittwoch, Rabbi, dann bleiben uns nur noch ein ganzer und ein halber Tag, bis der Sabbat kommt! Reicht das für unsere Aufgabe?«

»Die Eile trägt Unheil auf ihrem Rücken«, antwortete Rabbi Löw. »Wir wollen am Donnerstag hinausgehen und den Platz aussuchen, wo wir nach dem nächsten Sabbat mit der Arbeit beginnen können.«

Lebenszeichen

In dieser Nacht tat Isaak kein Auge zu. Alles, was er am Tag erlebt und gehört hatte, jagte durch seinen Kopf. Immer wieder kehrte er zu den Worten des Rabbi zurück: Am Donnerstag hinausgehen und den Platz aussuchen...

Dann wird der Rabbi das wirkende Wort sprechen!

Dann werde ich meine Zunge wiederbekommen!

Isaak versuchte, sich den Platz vorzustellen, auf dem man einen Wächter erschaffen konnte. Er dachte zurück an die Stammesväter Abraham, Isaak und Jakob, denen Gott – sein Name sei geheiligt – so nah gewesen war, daß sie alles vermocht hatten. Wo hatten sie ihre größten Taten getan?

Abraham hatte seinen Sohn Isaak auf dem Berge Moria Gott dargebracht, und Gott hatte ihn mit Gnade belohnt. Und Urvater Jakob war Gott im Gilgal so nah gewesen, daß Jakob die Himmelsleiter sah. Aber ein Gilgal gab es in ganz Böhmen nicht, sonst hätte der Vater davon gewußt.

Unruhig schweiften Isaaks Gedanken weiter. Er dachte wieder an das Bankett, das der Rabbi morgen dem kaiserlichen Hof bereiten mußte. Kaum konnte er den Tagesanbruch erwarten.

Wie wird der Rabbi aussehen, wenn er zum Morgengebet kommt? Wird man ihm die Sorgen über das Bankett ansehen? Wird er geschlafen haben in dieser Nacht? Würde der Kaiser den Juden von Prag seinen Schutz entziehen, wenn der Rabbi seinen Wunsch nicht erfüllen konnte?

Isaak wünschte sich inbrünstig, der Wächter wäre schon geschaffen. Dann bräuchte der Rabbi den Schutz des Kaisers nicht mit solchen Handlungen zu erkaufen, von denen Isaak nicht wußte, ob sie sträflich waren oder gerecht. Dann wären die Juden durch ihren eigenen Wächter geschützt.

Fast war es schon Zeit zum Morgengebet. Hatte Abraham Chajim schon geklopft? Isaak hatte es überhört. Nichts rührte sich im unteren Stock. Es roch nicht nach frisch angezündetem Herdfeuer und nicht nach gebranntem Mus. Die Hühner gurrten noch im Keller, die Rebbezin hatte sie noch nicht in den Hof hinausgelassen. Am Vorbereitungstag zum Sabbat war um diese Zeit schon emsiges Gewerkel. Isaak wurde es immer banger. Was war denn, wenn der Rabbi und seine Frau die Vorbereitungen zum Bankett verschliefen? Sollte nicht er, Isaak, die Stiege hinuntergehen und an irgendeine Tür klopfen?

Schon stand er vor dem Bett, da hörte er die Schritte des Rabbi auf der Treppe. Mit großen Augen sah er ihm entgegen.

Der Rabbi sah aus wie immer. Auch tat er alles so, wie er es jeden Morgen tat. Isaak war von seiner Ruhe und seiner Sammlung so beeindruckt, daß auch er sein Haar bedeckte, niederkniete und um Gottes Segen für diesen Tag bat.

Als der Rabbi die Twellen im Sack verstaut hatte, setzte er sich neben Isaak auf das Lager. Er nahm Isaaks Hand in die seine und sah ihm in die Augen.

»Ich habe dich absichtlich nie etwas gefragt, Isaak. Ich weiß nicht, woher du kommst, wer deine Eltern sind und was dich hierher geführt hat. Ich habe dir dieses Papier gegeben und das Schreibzeug da, damit du mir das aufschreiben kannst, was du mir gerne sagen möchtest. Du hast mir bis jetzt nicht viel aufgeschrieben.

Ich vertraue dir ganz, deshalb will ich dich nicht drängen und dir weiterhin keine Fragen stellen. Vielleicht ist deine Vergangenheit und was du in ihr erlebt hast, so schwer, daß dir das Berichten zu viel Kummer macht. Eines sollte ich aber doch wissen: Bist du nicht irgendeinem Menschen eine Nachricht schuldig darüber, wo du dich befindest? Die Viehhändler aus unserer Stadt kommen ziemlich weit im Land herum. Auch die Bürstenbinder mit ihren Waren. Wir könnten ihnen eine Nachricht mitgeben.«

Isaak hatte den Rabbi angeschaut. Jetzt dachte er nach. War er wirklich dem Oheim eine Nachricht schuldig? Ihm, der ihn so widerwillig zu sich genommen hatte? Der nur nörgelte und schrie? Der ihn so deutlich hatte fühlen lassen, daß er überflüssig war. Und dann war er wieder wie umgedreht und hatte mit süßlicher Stimme zu ihm gesprochen. Und Isaak hatte gedacht:

Zuerst ärgert er sich, daß er das Vermögen meines Vaters nicht allein verbrauchen kann, und dann hofft er wieder, daß ich, wenn er alt ist und wenn ich verheiratet sein werde, für ihn sorge. Nein, ich habe keine Lust, ihm ein Lebenszeichen zu schicken. Er soll nur glauben, ich sei ihm davongelaufen. Und er soll sich darum vor den Nachbarn schämen!

Als Isaak aber aufschaute, sah er den fragenden Blick des Rabbi noch immer auf sich gerichtet. Er drang so tief in ihn ein, daß Isaak meinte, er könne nichts vor ihm verbergen. Seufzend nickte er. Ja, es gab jemanden, dem er eine Nachricht schuldig war, wenn der es auch nicht verdiente. Isaak stand auf und schrieb Namen und Wohnort des Oheims auf das Papier. Mit einem nachlässigen Achselzucken reichte er dem Rabbi das Geschriebene.

Der Rabbi sah ihn einen Augenblick lang belustigt an. Dann wurde er wieder ernst.

»Wir bringen das in Ordnung«, sagte er, während er sich erhob. Dann stockte er einen Augenblick, ehe er das Papier auf den Tisch legte. Mit einem Blick hatte er gesehen, daß Isaaks Oheim in jenem Städtchen wohnte, wo nach der Schilderung des fahrenden Korbflechters der Kirchenraub geschehen war.

Der Besuch des Kaisers

Abraham Chajim und Jakob holten den Rabbi ab. Das gibt es doch nicht, dachte Isaak, daß der Rabbi auch heute, wo er den Kaiser mit seinem Gefolge erwartet, in die Jeschiwe geht!

Sie blieben fort bis zur dritten Nachmittagsstunde. Solange war unten in der Küche alles still. Isaak hatte sich angezogen und war die Treppe hinuntergegangen. Er hatte an den Türen gelauscht. Aber er hatte nicht gewagt, eine von ihnen zu öffnen. Unter der Bücherkammer lag die Wohnstube. Dahinter gab es gewiß einen Alkoven, und daneben war die Küche. Er hatte auch die Stiege bemerkt, die in den Keller führte, und daran gedacht, wie damals von dorther das »Prost« der Häscher heraufgeklungen war. Leise schlüpfte er durch die Tür auf die Gasse. Es war nicht mehr so heiß wie gestern. Der Himmel über der Judenstadt war dünn bewölkt. Isaak ging mit unsicheren Schritten ein Stück die Gasse entlang. Rechts und links in den Häusern waren die Handwerker bei ihrer Arbeit. Bald kehrte er aber wieder um. Während er auf das Haus des Rabbi zuging, störte es ihn, daß weder dieses noch irgendein anderes Haus zum Empfang des Kaisers geschmückt war. Nirgends sah man eine Girlande, nirgends ein rotes Tuch im Fenster oder eine schöne Ampel. Die Straße war nicht einmal gekehrt. Überall lagen Haufen von Pferde- und Eselsmist. Der Abfall, den man aus den Häusern geworfen hatte, moderte in den Rinnen.

Wie soll das nur gutgehen? fragte sich Isaak. Würde der Kaiser nicht unversöhnlich gekränkt sein, wenn er das sah? Und das Haus des Rabbi: wie armselig sah es aus! Die Felder zwischen dem Fachwerk waren mit Lehm und Stroh ausgefüllt. Die Fenster waren winzig klein. Von den Läden war die Farbe abgefallen. Nein, hier konnte sich der Kaiser mit seinen eleganten Hofleuten nicht wohl fühlen! Hier paßten weder glänzende Edelsteine noch feine Kleider her.

Aber dann verkehrten sich Isaaks Bedenken in Zorn. Der Kaiser wußte doch genau, wie die Juden lebten in seiner Hauptstadt Prag! Wie konnte er dem Rabbi also eine solche Forderung stellen? Sollte der Rabbi zum Gespött der Höflinge werden? Wollte er ihnen auf Kosten des Juden die Zeit vertreiben?

Der Rabbi tat Isaak bitter leid. Dort kam er mit Jakob und Abraham Chajim um die Ecke. Er schritt so ruhig einher, als sei es nicht schon kurz vor drei. Er lächelte Isaak so aufmunternd zu, als sei er von keiner Sorge geplagt. Isaak machte die Tür für die Männer auf. Er stieg hinauf in die Bücherkammer, während die drei Freunde in die Wohnstube traten. Stühle scharrten, dann war unten alles still.

Nun mußte der Kaiser jeden Augenblick kommen. Isaaks Unruhe steigerte sich von Minute zu Minute. Er schlich in die gegenüberliegende Kammer, deren Fenster auf die Gasse ging. Dort wollte er die hohen Besucher kommen sehen. Und schon, als er die Tür öffnete, hörte er Unruhe vom Ende der Gasse her: das Rumpeln von Kutschen, das Kreischen der Deichseln, das ›Brr‹ und ›Hee‹ der Pferdeknechte. Er spähte durchs geschlossene Fenster, ohne den Vorhang zur Seite zu schieben.

Die Hofleute hatten die Kutschen verlassen. Lachend und schwatzend kamen sie auf das Haus des Rabbi zu. Nur wenige Reiter blieben auf den Pferden und folgten ihnen. So bunt, dachte Isaak, war diese Gasse gewiß noch nie gewesen. Silberne Borten glitzerten an schwerseidenen Gewändern; Edelsteine glänzten an Zaumzeug und Degen, an Fingern und Hälsen. Schleier wehten in den zauberhaftesten Farben. Ein herrliches Schauspiel war das.

Nun öffnete sich unten die Haustür, und der Rabbi trat zusammen mit Jakob und Abraham Chajim auf die Gasse hinaus. Langsam und feierlich schritt Rabbi Löw dem Kaiser entgegen, der sich vorangehend von den Höflingen abgesondert hatte.

Das also ist Rudolph der Zweite, dachte Isaak. Er hatte ihn sich anders vorgestellt. Eine übergroße Hakennase entstellte das Gesicht, das ganz ohne Farbe war. Die gelbe Seide, in die der Kaiser gekleidet war, stand ihm schlecht, und der Goldreif, den er trug, wollte nicht zu seiner zerfurchten Stirn passen. Schon von weitem hob er die Hand, um Rabbi Löw zu begrüßen. Das Gekicher unter den Höflingen hörte auf.

Jakob und Abraham Chajim, die auf beiden Seiten des Rabbi gingen, faßten nun den Stoff seines Kaftans unter den Schultern an, und der Rabbi hob beide Hände hoch.

Augenblicklich erstarrten die Besucher, als seien sie mit offenen Augen eingeschlafen. Die ausgestreckte Hand des Kaisers blieb in der Luft stehen. Ein Reiter, der die Beine gespreizt hatte, um seinem Pferd die Sporen zu geben, hielt diese noch immer weit von sich.

Ein Höfling, der sich unter der Kappe hatte kratzen wollen, hatte die Hand noch am Kopf; und ein Fräulein war beim Lächeln von diesem sonderbaren Zustand überrascht worden. Es blieb mit offenem Munde stehen.

Isaak sah alles mit großer Verwunderung. Was tat der Rabbi da mit dem Kaiser und seinem Gefolge? War das Zauber? Kalt lief es ihm über den Rücken. Aber dann schaute er wieder auf die Gäste und dachte daran, daß der Rabbi sie nun würde bewirten müssen. Wie konnte das geschehen? Nicht einmal eng aneinandergedrängt hätten die Hofleute im Haus des Rabbi Platz. Voll schrecklicher Ahnung schaute er auf die erhobenen Hände des Rabbi: Wenn er sie senken wird, dann wachen die Hofleute auf, dachte er, und dann wollen sie das versprochene Mahl einnehmen. Ach, würde er doch immer die Arme so erhoben halten!

Wie erstaunte nun aber Isaak, als die Hofleute plötzlich ihre Hände zum Munde führten und Kaubewegungen machten! Träumten sie, sie würden essen? Dann hoben sie den gestreckten Arm hoch, als hielten sie einen Becher Wein in der Hand. Und als sie getrunken hatten, verklärten sich ihre Gesichter. Der Kaiser sah so glücklich aus wie seine Höflinge. Er winkte dem Rabbi wohlwollend zu. Dann hob er noch einmal abschiednehmend die Hand.

Nun senkte der Rabbi seine Arme und drängte Jakob und Abraham Chajim ins Haus zurück. Der Kaiser wandte sich den Kutschen zu. Die Höflinge folgten. Manch einer torkelte, und die anderen stimmten ein fröhliches Gelächter an. Im Davonfahren riefen sie einander zu, wie köstlich sie beim Juden gegessen und getrunken hatten. In Wirklichkeit waren kaum ein paar Minuten vergangen. Isaak sah den Hofleuten erleichtert lächelnd nach.

Ein einziger von den Reitern war zurückgeblieben. Er war ein Mann in mittlerem Alter. Ein reichverzierter tiefblauer Samtmantel hing ihm von der Schulter herab.

Der Mann hielt seine Hände so, daß man meinen konnte, er halte eine kostbare Schale. Sein Gesicht drückte die Sorge aus, er könne ihren Inhalt verschütten. Es war ein strenges Gesicht mit herrisch zusammengezogenen Brauen.

Warum ritt er nicht weg wie die anderen? Isaak wartete gespannt.

Aber was war das? Ganz durchscheinend zuerst, dann immer deutlicher sah Isaak über den Händen des Mannes nun wirklich eine Schale. Sie glänzte im lautersten Gold und war bis an den Rand mit einer bläulich-schillernden Flüssigkeit gefüllt.

Der Mann gab seinem Pferd einen sanften Schenkeldruck und ritt im Paßgang durch die Gasse davon.

War das etwa die goldene Schale des Überflusses, von der der Rabbi gesprochen hatte? Nahm dieser Mann sie einfach mit? Isaak durchfuhr ein großer Schrecken. Hatte dieser Mann nun durch den Raub der Wunderschale die Juden von Prag in seiner Gewalt?

Halt, halt! wollte er schreien. Laß die Schale da!

Aber es gelang ihm ja nicht. Mit zitternden Knien sprang er die Stiege hinunter und riß die Stubentür auf.

Er zerrte den Rabbi am Ärmel auf die Straße, deutete in die Richtung, in der der Mann davongeritten war. Er machte dem Rabbi vor, wie der Mann die Schale gehalten hatte, wie er darauf geachtet hatte, ihren Inhalt nicht zu verschütten.

Der Rabbi hatte aufmerksam zugeschaut. Er war sehr ernst. Endlich legte er Isaak die Hand auf die Schulter und sagte:

»Ich begreife, was du gesehen hast, Isaak. Durch alles das, was du gelitten hast, bist du in der Lage, Dinge zu sehen, die andere nicht sehen können. Die Schale wird dem Mann nicht viel nützen. Ich bin sicher, er wird sie eines Tages zurückbringen wollen. Geh nun hinauf und leg dich hin, du hast dich sehr aufgeregt.«

Der Rabbi warf einen Blick die Gasse hinauf und hinunter. Die Handwerker waren wie immer um diese Zeit bei der Arbeit. Es schien so, als habe keiner die Ankunft des Kaisers und seines Hofes gesehen. Zufrieden nickend trat der Rabbi ins Haus.

Sulamith

Isaak hatte sich gleich auf sein Lager niedergelegt, wie es der Rabbi befohlen hatte. Aber geschlafen hatte er nicht. Kaum war eine Stunde vergangen, als er wieder aufstand, seinen Hut nahm und ins Freie ging. Es hielt ihn einfach nicht in der engen Kammer. Er sah gerade, wie Abraham Chajims roter Kopf an der Kreuzung verschwand. Dort mußte man zu der Synagoge gelangen. Isaak lief ihm nach. Er wollte sich Abraham Chajim mit dem Hut zeigen, damit der Schulklopper sah, daß er ihn benützte.

Als Abraham Chajim den großen Schlüssel in das Schloß der Synagogentür steckte, hatte Isaak ihn eingeholt. Wieso hatte der Schulklopper diesen Schlüssel? Hatte er nicht nur das Amt des Schulkloppers inne, war er auch der Schammes an der Synagoge? Schnell schlüpfte Abraham Chajim durchs Tor und zog es hinter sich zu.

Isaak blieb unschlüssig draußen stehen. Sollte er warten oder einfach auch hineingehen? Oder würde Abraham Chajim ihn dann zurechtweisen?

Das Tor war mit wunderbarer Steinmetzarbeit geschmückt. In Isaaks Heimatstadt gab es kein so schönes Ornament an der Schule. Überhaupt kam ihm diese sehr ehrwürdig vor. Isaak war neugierig, wie sie von innen aussehen mochte. Vorsichtig drückte er die schwere Tür auf.

In der Synagoge war es dämmerig und sehr still. Sie war ein Raum aus zwei aneinandergefügten hohen Gewölben, die von schlanken Pfeilern gehalten wurden. Durch die schmalen, hohen Fenster fiel das Licht in dünnen Streifen über den Boden. Ein feingeschmiedetes Gitter umspannte den Altarraum. Geheimnisvoll glänzten die Silber- und Goldgefäße. Isaak sah den Schrein, in dem die Thorarolle ihren Platz hatte, aus der am Sabbat die heiligen Texte gelesen wurden. Ihr rotsamtener Umhang war mit Goldfäden bestickt. Isaak sah auch den erhöhten Sitz, auf dem der Ober-Rabbiner dem Gottesdienst beiwohnt.

Über dem Altarraum hing das Ewige Licht von der

Decke herab. Es brannte in einer silbernen Ampel, in die die Worte eingraviert waren: Siehe, er schläft und schlummert nicht, der Hüter Israels!

Abraham Chajim hatte eine Leiter aus der Gerätekammer herbeigeholt. Nun kletterte er hinauf und zog mit einer Schere den Docht des Ewigen Lichtes ein wenig aus dem Öl, kappte ihn und warf den schwarzen Butzen auf die Fliesen. Das Licht brannte hell und ruhig weiter. Dabei bemerkte er Isaak, der nahe am Thoraschrein stand; aber er tat so, als habe er ihn nicht gesehen. Geschäftig stieg er von der Leiter, klappte sie zusammen und trug sie weg.

Isaak ging zum Tor zurück. Er sagte zu sich, Abraham Chajim hat mich gesehen. Er hat gesehen, daß ich seinen Hut aufhabe. Mehr wollte ich ja nicht. Trotzdem war er ein wenig enttäuscht, weil er im stillen auf einen kleinen, herzlichen Blick gehofft hatte. Traurig trottete er nach Hause. Die Stiege machte ihm nun keine Mühe mehr, aber er ging sehr langsam hinauf und legte sich wieder auf sein Lager.

Nun kannte er also die Synagoge von Prag. Gewiß war sie nicht die einzige hier. Sie war viel größer, höher und vornehmer als die Synagoge in Isaaks Heimatstadt. Dort, dachte er traurig, wird nun bald die Barmizwe der Kameraden gefeiert werden. Jeden einzelnen stellte er sich mit den neuen Twellen vor.

Würde auch er sie jemals tragen?

Der Rabbi kam herauf.

»Bleib nur liegen«, sagte er, als er sah, daß Isaak sich aufrichten wollte. Er nahm sich ein Buch vom Bord; auf dem Lederrücken stand in großen Buchstaben GE-

MARA. Der Rabbi setzte sich mit dem Buch an den Tisch, las da eine Weile und dort ein wenig, und Isaak schien es, als sei er unschlüssig, was er wirklich wollte.

Sehr leichte, fremde Schritte kamen über die Stiege herauf, begleitet von fröhlichem Mädchenlachen. Fragend schaute Isaak zum Rabbi hin. Der Rabbi merkte es sofort. Er deutete mit dem Kopf zur Kammer hinüber und sagte:

»Das ist Sulamith, unsere Enkeltochter. Heute ist sie vom Besuch bei ihrer Tante zurückgekommen.«

Isaak sah ihn entgeistert an. Eine Enkelin hatte der Rabbi? Und der gehörte die Kammer gegenüber? Isaak ärgerte sich, daß er nun nicht mehr drüben am Fenster stehen und auf die Gasse schauen konnte. Überhaupt wollte er mit einem Mädchen nichts zu tun haben. Er schämte sich. Er war ja stumm. Nein, er fand es einfach unpassend, daß ein Mann wie Rabbi Löw eine Enkelin hatte. Mädchen sind neugierig und zu häßlichen Neckereien aufgelegt. Sicher würde sie ihn verspotten, wenn er mit Gesten sprechen mußte, weil er es mit dem Mund nicht konnte. Und hatte ihr Lachen nicht jetzt schon höhnisch geklungen, wo sie ihn noch nicht einmal kannte?

Womöglich würde sie ihm morgen, wenn er den drei Männern heimlich hinterherlief, nachspionieren! Womöglich würden die Männer dann auf ihn aufmerksam werden, und alles war umsonst. Dann würde er das wirkende Wort niemals hören, das ihm seine Zunge wiedergeben sollte. Zornig kehrte er sich zur Wand. Er wollte nicht, daß dieses Mädchen hier im Hause des Rabbi lebte! Alles war ohnehin schwierig genug.

War es denn überhaupt sicher, daß seine Kräfte ausreichten, um den Männern überallhin zu folgen? Oder würde er irgendwo erschöpft zurückbleiben müssen? Er sah den Straßengraben vor sich, in dem er halb tot gelegen hatte. Angst preßte seinen Atem.

Aber dann dachte er daran, wie es wohl sein würde, wenn er wieder eine Zunge besäße. Ja, dann mochte ihm Sulamith ruhig begegnen! Wenn sie dann noch etwas zu spotten hätte, wollte er sich schon wehren.

Jakob kam mit einer Schüssel voll Krapfen herauf. Er setzte sich auf Isaaks Bett und sah ihm beim Essen zu.

»Jetzt geht es schon ganz ausgezeichnet«, sagte er, und auch der Rabbi nickte anerkennend mit dem Kopf. Isaak aber dachte, sie sind so unbeschwert! Liegt ihnen denn nicht auf der Seele, was sie morgen beginnen? Überhaupt sah Jakob so fröhlich aus, wie er ihn noch nie gesehen hatte. – Oder rührte seine Fröhlichkeit von etwas ganz anderem her? Isaak konnte es sich nicht denken.

Die Insel in der Moldau

Die ganze Nacht über war er zwischen Furcht und Zuversicht hin- und hergerissen. Kaum graute der Morgen, hatte Isaak seine Kleider angezogen und lag so unter der Decke, als der Rabbi zum Morgengebet in die Bücherkammer trat. Er hatte die Decke bis zu den Augen hochgezogen und stellte sich schlafend. Er hörte, wie der Rabbi zum Gebet niederkniete. Was er betete, hörte Isaak nicht, aber es schien ihm so, als wolle es gar kein Ende nehmen. Endlich hörte er Jakob und Abraham Chajim die Stiege heraufkommen. Da machte der Rabbi mit seinem Morgengebet Schluß. Er zog den Mantel an, in dem Isaak ihn zum erstenmal gesehen hatte. Er setzte den breitrandigen schwarzen Hut auf, und die drei Männer verließen miteinander das Haus.

Isaak wartete noch zwei, drei Augenblicke. Er lauschte zu Sulamiths Kammer hinüber, ob sich dort nichts regte. Nicht, daß sie genau in diesem Moment, wenn er die Stiege hinablief, ihre Kammertür öffnete! Es wäre nicht auszudenken!

Rasch sprang er aus dem Bett, ergriff seine Holzschuhe und horchte durch die leise geöffnete Tür.

Aus der Kammer war nichts zu hören. Er schlich die Stiege hinab. Da hörte er aus der Küche Klappern und dazwischen Sulamiths Stimme. War sie denn schon wach? Hatte sie vielleicht in der Wohnstube geschlafen, oder hatte sie sich so leise die Treppe hinuntergeschlichen, daß er es nicht gemerkt hatte? Hastig und so geräuschlos, wie er konnte, drückte sich Isaak durch die Tür. Die Männer waren bereits am Ende der Gasse angekommen. Während Isaak in die Schuhe schlüpfte, bogen sie nach rechts, in eine kleinere Gasse ein. Isaak kam gerade rechtzeitig hinter ihnen her, daß er sehen konnte, wie sie von der kleinen Gasse aus nach links abbogen. Von da an hielten sie sich geradeaus bis zum Fluß. Die Judenstadt ging an dieser Stelle über in einen Zipfel, der von den Gojim bewohnt war. Aber es gab hier keine reichen Häuser. Darum ragte auch das östliche Stadttor, durch das die Männer die Stadt verließen, über alle Gebäude hinaus.

Nun gab es keine Häuser mehr, nur noch den Uferweg, der stellenweise von Büschen und Bäumen gesäumt war. Hier herrschte reger Verkehr. Bauern trieben Vieh auf den Markt, Käufer kamen mit Fuhrwerken. Die Straße lief sehr nahe am Fluß entlang, und Isaak sah Treidler auf dem schmalen Trampelpfad herankommen, der zwischen Fluß und Straße war. Es waren nur drei Mann, die da einen Kahn voller Getreide zogen, der tief im Wasser der Moldau lag. Das Treideltau hatten sie über die Schulter gelegt. Sie schwitzten, und an ihren Hälsen traten die Adern dick hervor.

Bei den vielen Menschen und Tieren, die auf der Uferstraße waren, brauchte Isaak die Kirchenräuber nicht zu fürchten. Waren sie überhaupt noch in der Stadt? Viel größer war seine Sorge, daß er den Rabbi aus den Augen verlieren könnte. Weiter und weiter entfernten die drei Männer sich flußabwärts von der Stadt.

Dann blieb der Rabbi stehen und deutete über den Fluß. Dort war eine Insel. Isaak sah aus der Ferne, wie Abraham Chajim zustimmend nickte. Jakob ging von der Straße die paar Schritte zum Fluß hinunter und schaute in der Böschung hin und her.

Er sucht ein Boot zur Überfahrt, dachte Isaak, anders kann es nicht sein. Jakob winkte dem Rabbi, deutete auf eine Stelle am Ufer und nickte heftig. Er kletterte zu den beiden anderen zurück auf die Straße, und sie machten sich auf den Rückweg.

Isaak schlüpfte hinter einen Busch am Ufer. Nahe unter seinen Füßen floß die dunkle Moldau vorbei.

Krampfhaft hielt er sich an den Ästen fest. Er schaute über das kaum sich kräuselnde Wasser. Er wandte sich um und schaute auch in die Richtung, aus der der Fluß kam. Dort sah er den Burgberg, den er schon vom Fenster der Bücherkammer aus gesehen hatte. Einen Augenblick lang dachte er an den Kaiser, der dort oben wohnte und der vom Rabbi verlangte, daß er zauberte.

Isaak versuchte, sich still zu halten. Gleich mußten die drei Männer hinter seinem Rücken auf der Uferstraße vorbeigehen. Ja, er hörte sie schon reden.

»Die Kähne gehören gewiß dem Schäfer«, sagte Abraham Chajim mit seiner unverwechselbaren Stimme.

»Das glaube ich auch. Ich habe Wolle an den Planken hängen sehen.« Das war Jakob.

»Wir können einen von ihnen nehmen«, meinte der Rabbi, »und die anderen beiden lassen wir am Ufer zurück.«

»Wenn der Schäfer die Insel beweiden will«, näselte Abraham Chajim, »dann wird er uns stören.«

»Das glaube ich nicht«, sagte der Rabbi. »Die Stelle, an der der Wald dicht ist, wird er nicht beweiden. Und dort ist die Lehmgrube, zu der wir wollen.«

Mehr war von den drei Männern nicht zu vernehmen.

Langsam löste Isaak die verkrampften Hände von den Ästen. Als er zur Straße hinaufstieg, merkte er, daß ihm die Beine zitterten. Er wartete, bis das Zittern ein wenig nachgelassen hatte, dann machte er sich auf und ging mit steifen Schritten zum Stadttor zurück.

Den ganzen restlichen Tag lag Isaak auf seinem Lager und schaute zur niederen Zimmerdecke hinauf. Fliegen gingen dort spazieren, flogen auf, kreisten und setzten sich wieder nieder. Sie taten alles immer gleichzeitig. Wie verständigten sie sich untereinander ohne Zunge? Sie konnten sich doch nicht verabreden!

Verabreden konnten sich nur Menschen. Die konnten zum Beispiel sagen: Nach dem nächsten Sabbat treffen wir uns auf der Insel, die flußabwärts in der Moldau liegt.

Ja, Isaak kannte nun die Stelle, wo der Wächter für die Judenstadt gemacht werden sollte: in der Lehmgrube auf der Insel. Dort würde dasjenige geschehen, von dem er nicht wußte, ob es gut oder böse war.

Als der Rabbi an diesem Abend in der Gemara las, betrachtete Isaak ihn lang. Und es kam ihm gar nicht mehr so unmöglich vor, daß auch er selbst eines Tages in der Gemara nach Sätzen suchen würde, die er seinen Jeschiwe-Bochers zum Studium vorlegen wollte – eines Tages, wenn ihm wieder eine Zunge gewachsen war.

In der Nacht zogen wieder Gruppen lärmender Gojim durch die Judenstadt. Wüste Drohungen wurden ausgestoßen, und hie und da klirrte eine Fensterscheibe. Erst gegen Morgen schlief Isaak ein. Als Abraham Chajim mit dem Klöppel an die Haustür schlug, fuhr er hoch. Sofort dachte er an die Insel. Er legte sich zurück, um nachzudenken.

Ich muß aufstehen, sagte er zu sich, und ausprobieren, ob ich mit solch einem Kahn überhaupt zur Insel fahren kann. Vielleicht reichen meine Kräfte noch nicht aus.

Isaak lag mit geschlossenen Augen. Erst mußte der Rabbi sein Morgengebet gesprochen haben, dann mußte Sulamith in die Küche hinuntergegangen sein. Dann mußte Jakob mit dem Morgenmus dagewesen sein. Dann erst kam der Augenblick, wo Isaak ungesehen das Haus verlassen konnte.

Als er endlich auf der Gasse stand, meinte er, es seien Stunden vergangen. So schnell er konnte, eilte er davon. Er sah weder rechts noch links und merkte deshalb auch nicht, wie die Handwerker erstaunt den Kopf hoben, als er vorbeilief. Sie wußten noch gut, wie er ausgesehen hatte, als der Rabbi ihn mit Jakob auf der Bahre in die Judenstadt gebracht hatte.

Auf der Uferstraße war wenig los, da am heutigen Tag in Prag kein Markt stattfand. Isaak schritt tüchtig aus. Die Luft war so frisch und rein! Krähen flogen hustend aus den Bäumen auf und ließen sich auf irgendeinem Feld nieder. Eine Magd hütete drei Kühe auf einer schmalen Wiese. Zwei Eichelhäher überflogen den Fluß und stießen in den Inselwald.

Dann sah Isaak die Boote nahe am Ufer schaukeln. Alle drei waren an einem Baum festgemacht. Es waren zwei Flachkähne, auf welchen zehn oder zwölf Schafe Platz hatten, und ein kleiner Kahn, der nur für Menschen taugte.

Isaak rutschte die Uferböschung hinunter und zog das kleine Boot zu sich heran. Es hatte keine Ruder. Auch die anderen beiden Boote waren leer. Wie sollte er da auf die Insel gelangen? Und wie sollten am Tag nach dem nächsten Sabbat die drei Freunde hinüberkommen?

Dann fiel ihm ein, der Schäfer könnte die Ruder versteckt haben. Sorgfältig suchte er das Ufergebüsch ab. Wenn man sie nicht fand, mußte der Rabbi einen anderen Ort für die Erschaffung des Wächters wählen.

Sein Blick schweifte und blieb im Geäst eines Baumes hängen, der etwas weiter flußabwärts stand. Dort sah er die Ruder im schütteren roten Laub. Wenn er auf den untersten Ast stieg, konnte er sie erreichen.

Nachdem Isaak ein Ruderpaar ins Boot geworfen hatte, band er den Kahn los und sprang hinein. Er verstand mit Booten umzugehen. Er war ja an der Elbe aufgewachsen, die bei seiner Heimatstadt schon ein großer Fluß war. Mit aller Kraft drückte er den Kahn in die Strömung. Da sah er weit vorne auf der Uferstraße den Schäfer mit seiner Herde herankommen.

Isaak schwenkte das Ruder und hielt wieder auf das Ufer zu. Unterhalb von der Stelle, wo die beiden anderen Kähne angebunden waren, lief er auf. Er nahm das Seil über die Schulter, mit dem der Kahn am Baum angebunden gewesen war, und zog ihn flußaufwärts bis zu den anderen beiden. Keuchend kam er dort an. Er band den Kahn an den Baum, schob die Ruder rasch ins Gebüsch, kletterte auf die Straße und lief auf die Stadt zu.

Der Schäfer war schon nah, aber er beachtete Isaak nicht. Auch die Boote schienen ihm gleichgültig zu sein. Ja, er brauchte sie gar nicht, sondern führte seine Herde weiter auf der Straße der Stadt entgegen. Nahe neben dem Tor ließ er sie weiden.

Sobald Isaak das Tor passiert hatte, fiel er in einem schmalen Hofeingang zu Boden. Er war erschöpft.

Der Flickenrock

Ein Hund schnupperte an ihm, und Leute stiegen über ihn hinweg, wenn sie in den Hof wollten. Keiner kümmerte sich um ihn. Von der Straße her kam eine Frau mit bloßen Füßen. Sie trug einen Krug auf dem Kopf. Auch sie stieg über Isaak hinweg. Ihr weiter roter Rock wogte um ihre Beine. Er war mit bunten Flicken besetzt.

Der Rock!

Mit angstverzerrtem Gesicht sprang Isaak auf die Beine. Er starrte der Frau nach, die den Rock anhatte. Sie drehte sich um. Isaak preßte die Hand aufs Herz.

Er lächelte verstört: Ach nein! Es war eine andere Frau. Es war nicht die aus dem Geschirrwagen. Die war es nicht. Aber der Rock war es! Isaak wußte es genau. Jeden Flicken kannte er auf ihm. Drei qualvolle Tage lang hatte er ihn nah vor seinen Augen gehabt.

Die Frau kam neugierig zu ihm zurück. Was war los mit diesem Judenbengel? Was hatte ihn so verstört? Und nun befühlte er sogar noch ihren Rock!

Wo hast du ihn her, wollte er sie fragen, aber nur unverständliche Laute kamen aus seinem Mund.

»Er gefällt dir wohl?« fragte sie freundlich.

Er schüttelte heftig den Kopf. Zwischen Daumen und Zeigefinger machte er die Bewegung von Bezahlen.

»Was denn, er gefällt dir nicht, und du willst ihn trotzdem kaufen?«

Isaak verneinte ungeduldig. Hilflos deutete er auf die Frau, die ihn nun mitleidvoll anschaute.

»Ja, ich habe ihn bezahlt. – Hast du das wissen wollen?«

Isaak nickte. Und als er sie fragend anschaute und ein wenig die Hände hob, sagte sie: »Von einem unglücklichen Mann habe ich ihn gekauft. Ihm ist die Frau ertrunken. Dort, am Ufer eurer Judenstadt, hat man sie kürzlich in der Moldau gefunden.

Jetzt ist der Mann mit meinem Liebsten zusammen weggefahren, um sein Geschirr zu verkaufen. In vierzehn Tagen wollen sie wieder hier auf dem Markt sein. Es ist sehr traurig.«

Isaak schaute die Frau mit weit geöffneten Augen an. Er war unfähig, seine Gedanken zu ordnen. Die Kirchenräuber, der Geschirrhändler, der rote Rock! Die Frau in der Moldau war also die Frau aus dem Geschirrwagen. Er sah sie vor sich, wie sie die Peitsche schwang.

Isaak merkte gar nicht, wie die Frau, die vor ihm stand, ihm abschiednehmend zulächelte und ihm ein kleines Geldstück in die Hand drückte. Er stand da wie ein Gegenstand, den jemand im Hofeingang vergessen hatte. Wie er nach Hause gefunden hatte, wußte er später nicht.

Es war schon Nachmittag, als er sich endlich gefaßt hatte. Der Sabbat begann schon bald. Isaak nahm einen Bogen Papier vom Tisch und tauchte die Feder ein. Einen Augenblick dachte er nach. Dann schrieb er die Buchstaben so klar, wie er konnte:

»Die Ertrunkene ist die Frau aus dem Geschirrwagen! Nahe beim Osttor habe ich heute eine Frau getroffen, die den roten Rock der Geschirrhändlerin trug.

Ich erkannte ihn sofort. Sie sagt, die Geschirrhändlerin sei die Frau, die kürzlich in der Moldau ertrunken ist. Ihr Mann – einer der beiden Geschirrhändler (die Kirchenräuber!) – habe den Rock an die am Osttor wohnende Frau verkauft. Der Liebste dieser Frau sei mit dem einen Geschirrhändler fortgefahren. Sie kommen in vierzehn Tagen wieder. Wo ist der zweite? Ist der zweite hiergeblieben? Ich will mich zusammennehmen und mich nicht fürchten. Vielleicht bin ich für vierzehn Tage sicher.«

Isaak streute Sand auf die Schrift. Er versteckte das Papier zwischen Fußende seines Lagers und Wand.

Abraham Chajim kam die Treppe herauf. Er stieß die Tür auf und warf einen unsicher blinzelnden Blick in Isaaks Richtung. Er fragte ihn:

»Soll ich dir einen Platz in der Synagoge zuweisen?«

Erschrocken wehrte Isaak ab. War er denn nicht unrein mit seiner verstümmelten Zunge?

Abraham Chajims Gesicht rötete sich vor Zorn. Heftig fuhr die Tür ins Schloß.

Isaak tat es leid, daß er das Anerbieten des Schammes abgelehnt hatte. Aber durfte er denn so verstümmelt dem Gottesdienst beiwohnen? Er konnte ja den Herrn nicht einmal mit Worten und Liedern preisen! Die Unreinen aus seiner Heimatstadt fielen ihm ein. Da gab es zum Beispiel diejenigen, die den Grind hatten, den Sarahat. Sie hielten sich abgesondert von der Gemeinde, mußten ihre Kittel einreißen, ihr Haar offen tragen und ihre Bärte verhüllen. Gott hatte sie geschlagen. War die verstümmelte Zunge nicht auch als ein Schlag Gottes anzusehen?

Aber es gab noch einen anderen Grund, weshalb Isaak nicht zum Gottesdienst in die Synagoge gehen wollte: Er könnte es nicht ertragen, die Stimmen der Bocherim singen zu hören, zu denen er vielleicht doch niemals mehr zählen würde.

Den ganzen Tag über lag Isaak teilnahmslos auf seinem Bett. Auch diesmal gelang ihm keine Sabbatfreude. Wie dämmernd ließ er den Freudentag an sich vorüberziehen. Die ganze Nacht über lag er wach und horchte auf den fallenden Regen.

Der Golem

Der Sabbat war vorbei. Isaaks Niedergeschlagenheit verwandelte sich am Sonntagmorgen in treibende Hast. Er hörte den Rabbi und Jakob und Abraham Chajim in der Wohnstube reden. Dazwischen erklang kurz und leise Sulamiths Lachen, als ob sie verlegen wäre. Bald würden die Männer zur Insel aufbrechen. Isaak wollte ihnen voraus sein. Er trug sein Waschbecken vor die Tür und ging aus dem Haus.

Er eilte durch die Gassen, in denen das werktägliche Treiben begonnen hatte. Der Schmied beschlug ein Pferd, der Wagner schnitzte Speichen. Eine Magd saß vor einem Haus und rupfte ein Huhn. Der Trödler rückte Häfen und andere Küchengeräte auf einem Tisch zurecht, um sie zur Schau zu stellen. Der Perückenmacher zog seine Arbeit nahe zum Fenster. Die Wasser- und Kohlenträger priesen ihre Kräfte und boten sie an. Eine Frau führte eine Kuh mit vollem

Euter durch die Gasse und verkaufte deren Milch. Auf dem Rücken trug sie einen einbeinigen Schemel.

Die Glocken der Christenkirchen begannen zu läuten, als Isaak zum Tor kam. Aus dem Hofeingang, in dem er vorgestern gelegen hatte, kam die Frau. Sie hatte einen anderen Rock an. Sie trug auch Schuhe. Isaak lief auf sie zu, um sie nach dem zweiten Geschirrhändler zu fragen. Vielleicht kannte ihr Liebster ihn? Und vielleicht wußte sie, wo er sich befand.

Aber dann konnte er sich nicht deutlich machen und blieb verlegen stehen.

Die Frau schritt lächelnd, aber eilig an ihm vorbei. In der Hand hielt sie ein kleines Gebetbuch.

Isaak ging durchs Tor. Auf der Uferstraße kamen Fuhrwerke entgegen, die mit bunten Bändern geschmückt waren. Das Landvolk fuhr zur Kirche in die Stadt. Sie waren alle sauber gekleidet. Isaak schaute unwillkürlich an sich hinunter. Auch er hatte saubere Kleider an. Im Haus des Rabbi hatte man sie ihm gewaschen. Nirgends war eine Spur von Blut.

Als er eine Zeitlang auf der Uferstraße weitergegangen war, schaute er sich um, ob der Rabbi die Stadt mit seinen Begleitern schon verlassen hatte. Er sah die Männer nicht. Nach einer Weile hatte er die Uferböschung und die Boote erreicht. Er kletterte weiter unten auf den Baum. Nun sah er die drei Männer auf der Straße herankommen. Sie waren noch weit, aber mit ihren Wanderstecken in der Hand schritten sie kräftig aus. Isaak zerrte ein Ruderpaar aus den Ästen und nahm es mit zum Boot. Dann fielen ihm die Ruder ein, die er unter die Büsche geschoben hatte. Er zog sie vor und warf sie in eines der anderen Boote. Er sprang rasch in den Kahn.

Mit der Strömung ruderte er der Insel entgegen. Die Insel war lang und an ihrem unteren Ende lief sie spitz zu. Wenn ihn die Strömung nur nicht über das Ziel hinaustrug! Sie war stärker, als die Oberfläche des Wassers es vermuten ließ. Isaak brauchte seine ganze Kraft. Immer schaute er zum Ufer zurück, ob der Rabbi mit seinen Freunden nicht schon kam.

Im Osten der Insel, also an ihrem spitzen Ende, war der Wald hoch und dicht. Hier würde kein Schäfer seine Herde weiden wollen. Hier mußte die Lehmgrube sein. Endlich stieß das Boot in den Sand. Keuchend blieb Isaak sitzen. Er war so erschöpft, daß er eine Weile warten mußte, ehe er die Ruder einholen und aussteigen konnte. Er stolperte ans Ufer und band das Tau an einen Strunk. Enten flogen schnarrend auf und schrien in der Luft.

Isaak schaute übers Wasser und suchte die Uferstraße ab. Die drei Männer waren schon fast bei den Booten angekommen. Rasch und gleichmäßig schritten sie heran. Einen Augenblick dachte Isaak an den Schäfer, und was er tun würde, wenn er nur noch ein Boot vorfand.

Auf dem schmalen Trampelpfad, der in den Wald hineinführte, strauchelte Isaak über die hochliegenden Wurzeln. Er war so schwach, daß er sich am liebsten nur noch hingelegt hätte. Sein keuchender Atem sprengte ihm beinahe die Brust.

Der Pfad stieg auf und endete am oberen Rand der Lehmgrube. Isaak blieb stehen. Er lauschte ringsum in den Wald. Er wußte ja nicht, aus welcher Richtung die Männer hierherkommen würden, denn er konnte nicht wissen, wo sie ihr Boot auf die Insel zögen.

Und dann würde die Stunde kommen, in der das Unermeßliche geschehen sollte: Der Rabbi würde den Wächter erschaffen!

Gam su letowa, gam su letowa! Beschwörend sagte es Isaak immer wieder zu sich selbst: Es möge zum Guten sein! Es war ihm, als sei er bis obenhin mit Tränen angefüllt, und nur ein furchtbarer Krampf hinderte ihn daran, sie zu weinen. Isaak hatte die Zähne so fest aufeinandergebissen, daß ihm der ganze Mund weh tat. Rechts von der Lehmgrube knackten jetzt Äste.

Am oberen Rand der Lehmgrube stand eine verkrüppelte Eiche, die sich kurz über dem Boden verzweigte. Noch hing sie voll bräunlichen Laubes. Isaak setzte sich auf den untersten Ast und legte seinen Arm um den Stamm. So konnte er sich vorbeugen und in die Lehmgrube hinunterschauen. Ihn selbst konnte man nicht sehen.

Seine Zähne klapperten, seine Hände wurden kalt, als er so auf die Männer wartete. Nun tauchten sie wirklich unten in der Grube auf. Und von diesem Augenblick an setzte Isaaks Denken aus. Er spähte nur noch gierig durch die Blätter, um auch ja nichts zu übersehen. Angestrengt lauschte er auf das, was die Männer sprachen. Konnte er ihre Worte verstehen?

»Das ist der Ort«, sagte der Rabbi. Er legte Hut und Mantel ab, zog die Schuhe aus und schürzte den Kaftan. Die beiden anderen taten es ihm gleich, so daß

Isaak ihre nackten Beine bis zu den Knien sah. Barfuß standen sie nun in der Grube.

Der Rabbi sagte: »Laßt uns nun möglichst viel nassen Lehm aus dem Gewände brechen.« Er nahm seinen Wanderstecken, stieß ihn in die Grubenwand und stemmte einen großen Klumpen Lehm heraus.

Jakob und Abraham Chajim machten es ebenso. Sie traten auf den herausgelösten Lehm, so daß ihre Füße ganz besudelt waren. Immer mehr brachen sie aus der Wand, und immer größer wurde der Wall, auf den sie traten. Isaak hörte, wie sie vor Anstrengung keuchten.

»Jetzt haben wir genug«, sagte der Rabbi und wischte sich mit dem Ärmel die Stirn. Sie stellten ihre Wanderstecken zur Seite.

»Es ist an der Zeit, daß wir um gutes Gelingen beten.«

Die Männer ordneten die Kleider, gingen aus der Grube hinaus, nahmen ihre Hüte und setzten diese auf und knieten zum Gebet nieder. Sie hoben ihre Hände, und der Rabbi sprach. Er sprach lang und mit so gedämpfter Stimme, daß Isaak die Worte nicht verstehen konnte.

Dann nahm Rabbi Löw den Hut als erster wieder ab. Sie schürzten ihren Kaftan aufs neue. So kehrten sie in die Grube zurück.

»Laßt uns nun aus diesem Lehmwall«, begann der Rabbi, »eine Gestalt formen, die, so gut es geht, der menschlichen gleicht.«

Isaak erschrak. Nun war sie da, die große Sünde! Wie von unsichtbaren Fäden gezogen, beugte er sich vor. Seine eiskalte Hand suchte den letztmöglichen

Halt. Ernst und geschäftig arbeiteten die Männer. Abraham Chajim drückte und knetete am Ende des Lehmwalles herum, und Isaak sah schon, wie unter seinen Händen die Form von Füßen entstand. Jakob legte weiter oben einige Hände voll Lehm auf, die er weiter unten von dem Lehmwall abgeschabt hatte. Er formte den Rumpf. Der Rabbi bildete den Kopf.

Noch waren die Formen grob und nur wie angedeutet, aber schon sah man das Ganze der werdenden Gestalt. Sie sah aus wie ein großer tölpelhafter Mensch.

Der Rabbi rief den beiden anderen zu, sie sollten von der Gestalt zurücktreten und sie aus einer kleinen Entfernung betrachten. So würden sie am leichtesten die Fehler erkennen.

Sie taten es und kehrten wieder zu ihrer Arbeit zurück. Nun verbesserten sie die Gestalt, wo sie es für richtig fanden, und dann gingen sie daran, die Oberfläche zu behandeln.

Abraham Chajim deutete auf den Füßen, mit einem Stöckchen ritzend, Stiefel an. Auf die Waden zeichnete er dickmaschige Strümpfe. Und die Schenkel bekleidete er mit Kniehosen. Jakob glättete den Rumpf, ließ ihn aber unbedeckt. Der Rabbi bildete Nase und Ohren. Zuletzt schnitt er der Gestalt zwei große, schräg zulaufende Augen ein.

Als dies alles beendet war, zogen die Männer sich wieder auf den Rasen zurück. Sie ordneten ihre Kleider, setzten die Hüte wieder auf und versenkten sich, wie man es in der Kwanoth tut.

Nach einer Weile standen sie auf, reinigten die Füße mit Gras und zogen ihre Sandalen an. Der Rabbi schürfte mit seinem Wanderstecken ein großes Fünfeck um die liegende Gestalt. Laut sprach er dazu die Worte:

»Seit Urbeginn ist die Schöpfung in den fünf Parzufim beschlossen!« Und Isaak hörte in sich die Stimme des Vaters, der ihn diesen Spruch gelehrt hatte. Nur hatte der Vater statt Parzufim Urbilder gesagt.

Viermal wiederholte der Rabbi diesen Spruch. Dann forderte er die beiden anderen auf, zu ihm in das Fünfeck zu kommen. Es umschloß nun alles, was menschliche Gestalt hatte: lebendige und unbelebte.

Der Rabbi sagte zu Abraham Chajim: »Sprich nun die Formel für das Feuer, wie ich sie dich gelehrt habe!«

Abraham Chajim hob die Hände, und indem er die liegende Gestalt dreimal umschritt, sang er die wirkenden Worte. Isaak, der ihn deutlich jedes Wort aussprechen hörte, verstand keines von ihnen. Er verstand die Sprache nicht, aus der sie stammten. Sie waren weder deutsch noch tschechisch, noch jiddisch, noch hebräisch. Alle diese Sprachen waren ihm vertraut.

Es fiel ihm mit einem Mal ein, daß der berühmte Rabbi Lurja, in dem die Seele eines Märtyrers wiedergeboren war, seine Schüler die Sprache der Vögel lehrte. Sollte es diese Sprache sein? Hatte Rabbi Löw sie auch seinen Schülern mitgeteilt?

Ein schrecklicher Verdacht stieg in Isaak hoch: Wie sollte er das wirkende Wort für eine Zunge herausfinden, wenn er die Sprache der Vögel nicht verstand? Er begann so heftig zu zittern, daß er sich kaum auf dem Ast festhalten konnte.

Kaum hatte Abraham Chajim seinen Spruch zu Ende gesprochen und war neben den anderen beiden stehengeblieben, ging mit der liegenden Gestalt eine Veränderung vor. Isaak sah mit namenlosem Erstaunen, daß der nasse Lehm anfing zu trocknen. Und als er getrocknet war, begann er zu glühen. Ja, er rötete sich, als stecke er in einem Brennofen. So mächtig war also der Feuerspruch gewesen, den Abraham Chajim über die Gestalt gesprochen hatte.

Aufmerksam hatte der Rabbi diese Veränderung mitverfolgt. Jetzt wandte er sich an Jakob:

»Nimm alle deine Kraft zusammen, damit auch dein Spruch seine Wirkung tut.«

Jakob hob die Hände und sammelte sich. Wie Abraham Chajim schritt er dreimal um die liegende Gestalt und erhob seine Stimme zu dem tönenden Sprechgesang. Sein Spruch war lang, manchmal hörten sich die Laute wie das Rauschen eines Wasserfalles an, dann waren sie wieder so leise, flüsternd und gedehnt, daß Isaak meinte, ein Regenbogen müsse nun aus Jakobs Mund aufsteigen.

Als Isaak seinen Blick von Jakob löste, um wieder auf die liegende Gestalt zu schauen, traute er seinen Augen nicht: Der tönerne Wächter war an Brust, Armen und Hals von einem Netz von Adern überzogen, wie es die lebendigen Menschen haben. Die Oberfläche des Körpers wurde samten und schließlich wie mit Haut bedeckt, und in den großen schrägen Augen glänzten Tränen. Jakob stellte sich neben Abraham Chajim.

Nun hob auch der Rabbi seine Hände und umschritt die liegende Gestalt. Auch er erhob die Stimme zum

Sprechgesang und sang die wirkenden Worte, mit welchen er die Luft in den Dienst des Schemot stellte. Manchmal klang sein Gesang wie ein Echo aus der Ferne, manchmal wie ein Sturm, der die Bäume schüttelt, und manchmal wie ein gehauchter Sommerwind. Reglos hörte Isaak zu.

Und während sich der Rabbi zu den anderen beiden zurückbegab, begann die Gestalt ihren Brustkorb zu heben und zu senken. Die Nasenlöcher öffneten sich und stießen Dampf aus. Auch aus den halb geöffneten Lippen kam dampfender Hauch.

Der Rabbi nahm die beiden anderen Männer am Arm und umschritt mit ihnen siebenmal die Gestalt, die nun wie ein großer schlafender Mensch in der Tongrube lag. Dann zog er einen kleinen Zettel aus dem Ärmel. Jakob und Abraham Chajim traten zurück.

Der Rabbi hielt den Zettel einen Augenblick auf die eigene Stirn und auf die Brust. Dann hielt er ihn mit zwei Händen hoch über sich. Isaaks Herz klopfte zum Zerspringen. Das, was der Rabbi in Händen hielt, war der Schemot, der unaussprechliche Name des Höchsten.

Mit dem Zettel in den erhobenen Händen trat der Rabbi nahe an die Gestalt heran. Er bat Jakob und Abraham Chajim, ihm von beiden Seiten die Arme auf die Schulter zu legen, damit er, der Rabbi, mit seinen Freunden eng verbunden sei.

Eine Zeitlang blieben sie so schweigend vor der Lehmgestalt stehen. Dann beugte sich der Rabbi zu ihr nieder und schob ihr das Blatt zwischen die Lippen.

»Richte dich auf!« sprach er laut.

Isaak fürchtete, ohnmächtig zu werden. Er kniff die Augen zu und atmete tief. Als er sie wieder öffnete, sah er, wie sich der Wächter reckte. Er gähnte wie einer, der aus tiefem Schlaf erwacht. Langsam richtete er seinen Oberkörper auf und sah sich fragend um. Dann stützte er sich auf die eine Hand, zog die Beine zu sich und stand auf.

Wie er aufgestanden war, so blieb er auch stehen. Nur sein Blick wandte sich suchend hin und her und blieb, auf den Rabbi gerichtet, stehen. Der Rabbi sprach:

»Du sollst wissen, daß es der Schemot ist, der dich mit den vier Elementen verbunden hat. Du bist geschaffen worden, damit du unser Volk vor allem Bösen behütest, auch vor dem Verdacht, daß es Christenblut esse. Du bist geschaffen worden, auf daß du die Grenzen der Judenstadt vor Eindringlingen schützest, auf daß du alle Feinde abschreckst, und daß du mir alles, was nicht in die Judenstadt gehört, anzeigst, seien es Dinge, Menschen, Tiere – oder Tote!

Du wirst mir untertan sein und hast meinen Befehlen zu gehorchen. Selbst wenn ich sagen würde: Wirf dich ins Wasser!, dann hättest du zu gehorchen. Oder wenn ich dir gebieten würde, daß du dich ins Feuer setzest. Ich könnte auch von dir fordern, daß du dich von einem hohen Turm stürzest. Hast du dies alles verstanden?«

Der Wächter nickte.

»Also will ich dir einen Namen geben, damit ich dich rufen kann.«

Der Rabbi trat auf den Wächter zu, legte ihm die Hand auf die Brust und sagte: »Du sollst Joseph heißen wie jener Joseph, der mit Nachnamen Scheda geheißen hat. Unsre alten Schriften berichten von ihm, daß er nur halb ein Mensch gewesen war und halb ein Geist. So wie er die Juden der frühen Zeit viele Male aus schwerer Bedrängnis errettet hat, so sollst du sie auch heute erretten. Am Tag sollst du schlafen, aber von Sonnenuntergang an sollst du wachen. Ich will dir jeden Tag meine besonderen Befehle geben. So auch jetzt!«

Als der Rabbi so gesprochen hatte, neigte der Wächter Joseph den Kopf, und Isaak hörte eine fremde, sehr tiefe Stimme, die sagte:

»Herr rede, dein Diener hört.«

Aber die Lippen des Wächters hatten sich bei diesen Worten nicht bewegt. Nicht der Mund hatte sie gesprochen, sondern sie tönten dem Wächter aus der Brust.

Abraham Chajim und Jakob traten kopfschüttelnd nahe an Joseph heran. Hatten sie recht gesehen und recht gehört?

»Öffne deinen Mund!« befahl da der Rabbi. Der Wächter tat, wie ihm befohlen worden war.

Der Rabbi trat zur Seite und ließ Jakob und Abraham Chajim in Josephs Mund hineinschauen. Betroffen sahen sie einander an. Nur der Rabbi schien ungerührt. Und dann, als sich die beiden noch einmal vergewissert hatten, daß das, was sie zuerst gesehen hatten, stimmte, sagten sie kopfschüttelnd zueinander:

»Er hat keine Zunge.«

Isaak schwanden die Sinne. Ihm war, als stülpe ihm jemand einen dicken schwarzen Sack über den Kopf, und ohnmächtig fiel er zu Boden.

Die Rückkehr von der Insel

Es wurde dunkel. Die Vögel waren schon in die Büsche und Baumkronen zurückgekehrt und zankten sich girrend um den Schlafplatz im Nest. Feucht senkte sich der Nebel auf die Erde. Davon wurde Isaak wach.

Er war allein. Die Lehmgrube war leer. War denn alles ein Spuk gewesen? Hatte er nur geträumt, daß der Wächter für die Judenstadt erschaffen worden sei? Eine furchtbare Vermutung beschlich sein Herz: Während er, Isaak, hier geträumt hatte, hatte der Rabbi vielleicht irgendwo ganz anders den Wächter erschaffen. Und dort hatte er das wirkende Wort für die Zunge gesprochen!

Nun habe ich die einzige Gelegenheit verpaßt, und nie mehr werde ich also ein Wort sprechen können!

Weinend erhob er sich und taumelte den Weg entlang zum Ufer, wo er sein Boot gelassen hatte. Er fand es nicht. Aber auf dem Fluß sah er schwarz vor dem graublauen Abendhimmel die Silhouette eines langen und eines kleinen Bootes. Im langen unterschied er drei Gestalten, im kleinen nur eine. Aber diese war sehr groß. Die Ruderschläge verklangen am anderen Ufer. Verzweifelt schlich Isaak den Pfad zurück. Eine Fledermaus streifte seine Stirn in geräuschlosem Flug. Von einem Baum löste sich eine Eule und strich ins Gebüsch. Was war nun wirklich in der Lehmgrube geschehen?

Die Nacht brach an, und zwei Sterne blinkten durch ein Wolkenloch. Isaak saß frierend am Rand der Grube. Er war bereit zu sterben. Eine Zeitlang hatte er versucht zu beten und hatte den Oberkörper hin- und hergewiegt, wie der Vater es beim Beten getan hatte. Aber er hatte die Worte nicht mehr gefunden, aus denen ein Gebet geformt werden muß, er war zu müde.

Mit einem Mal war ihm, als sei im Wald ein Fünkchen aufgeblitzt. Dann sah er es wieder und dann noch einmal. Angestrengt spähte er in diese Richtung.

Es wurde größer, ja, es bewegte sich deutlich auf Isaak zu. Er fürchtete sich. Was konnte das sein? Ein Tier war es ganz sicher nicht. Er wußte wohl, daß es Tiere gab, die ein Leuchten in den Augen hatten. Aber dieses Licht da war zu hell, und es war nur eines. War dort ein Nephil, und hatte er noch andere Dämonen und Geister in seinem Gefolge? Kamen sie nun, um ihn, Isaak, mit sich ins Reich der Unerlösten zu zerren?

Isaak sprang auf und preßte sich an einen Baum. Heiß fiel es ihm ein: Hatte er nicht beim Weggehen aus der Bücherkammer vergessen, die Messusa zu berühren? Jetzt wurde er dafür bestraft.

Das Licht war schon so nah, daß Isaak nun meinte, es könne ein Windlicht sein. Und dann sah er, daß es von einem großen Wesen getragen wurde. Das Licht beleuchtete ein Gesicht, das unheimlich aussah: es war ganz bartlos, und auch auf dem Kopf waren keine Haare. Die Backenknochen traten weit hervor, und die Augen waren tief, sehr schmal und standen schräg. In ihnen glomm ein grünlich schillernder Blick. Isaak wich hinter den Baumstamm zurück. War das nicht doch der Wächter der Judenstadt? Hatte der Rabbi ihn doch erschaffen? Hatte Isaak also doch nicht geträumt? Warum war er aber hier? Warum stampfte er mit seinen schweren Füßen nun auf Isaak zu? Würde er ihm ein Leid antun?

Jetzt blieb er vor Isaak stehen. Unverwandt schaute er ihn mit seinen entsetzlichen Augen an. Dann hob er langsam die freie Hand und deutete auf ein Beutelchen, das er an einer Schnur um den Hals trug. Isaak begriff nicht, was er damit meinte. Er rührte sich nicht. Da ergriff der Wächter Isaaks Hand mit seiner tönernen und führte sie zu dem Beutel. Aufmachen sollte er den kleinen Sack.

Er öffnete ihn also und sah, daß ein kleiner Zettel darin steckte. Fragend schaute er dem Wächter ins Gesicht. Als Joseph zustimmend nickte, zog Isaak den Zettel heraus. Der Wächter hob das Windlicht hoch, so daß Isaak lesen konnte, was auf dem Zettel stand. Während er las, drückte sein Gesicht mehr und mehr Verwunderung aus. Da stand in der vertrauten Schrift des Rabbi:

Isaak von der Insel heimholen! Es war der erste Befehl, den der Rabbi seinem Golem gegeben hatte.

Joseph setzte das Windlicht ab, beugte sich zu Isaak nieder und hob ihn hoch. Dann ergriff er die Lampe und machte sich sofort auf den Rückweg. Isaak saß auf seinem Arm wie ein Kind auf dem Arm seiner Mutter. Ihm war ganz sonderbar zumute. Er fürchtete den Wächter und vertraute ihm zugleich. Er ängstigte sich, weil der ihn einfach wegtrug, und war glücklich, daß er die Insel verlassen konnte. Aber woher wußte denn der Rabbi, daß er, Isaak, sich auf der Insel befand? Wenn er ihn gesehen hätte, hätte er ihn gewiß sofort mitgenommen. Die Gedanken wirbelten in seinem Kopf durcheinander wie Herbstblätter, in die der Sturm bläst.

Joseph trug Isaak in das Boot, mit dem er vor kurzem weggefahren war. Er stellte das Windlicht neben ihn auf den Boden und ergriff sofort die Ruder. Mit sicheren Stößen brachte er das Boot zum Ufer. Woher, dachte Isaak, hatte er das nur gelernt? Neugierig versuchte er, das Wesen dieses menschenähnlichen Gebildes zu erfassen. Er sah zwar nur seine Umrisse in der Dunkelheit, aber er sah doch die Bewegungen, die dieser große Körper machte. Irgendein Wissen hatte dieses Wesen in diesen tönernen Körper mitgebracht, das es früher als am heutigen Tag erlernt haben mußte. Wie konnte man sich so etwas erklären?

Am Ufer machte Joseph den Kahn fest. Und wie selbstverständlich nahm er die Ruder, winkte Isaak, daß er ihm mit dem Windlicht leuchte, und trug sie zu dem Baum, in dessen Geäst der Schäfer sie immer verbarg. Dann nahm er Isaak auf den Arm wie zuvor und eilte mit großen, schwerfälligen Schritten dem Stadttor zu.

Gleichzeitig mit einem Planwagen kamen sie dort an. Aus dem Innern des Wagens hörte Isaak es scherbeln. Zitternd klammerte er sich an Joseph an. Fragend schaute der ihm mit seinem unergründlichen Blick in die Augen. Und als merke er, daß Isaak sich fürchtete, drückte er ihn tröstend an seine tönerne Brust.

Auf dem Bock des Wagens saßen zwei Männer. Es waren die Kirchenräuber. Im Licht der Fackeln hatte Isaak sie sofort erkannt.

Die Wachen forderten das Torgeld, das man für jedes

Fuhrwerk zahlen muß, wenn man das Schließen des Tores versäumt hatte. Widerstrebend entrichteten es die beiden Männer.

»Ihr glaubt wohl«, schrien sie, »daß man mit dem Geschirrhandel einen Haufen Geld verdienen kann, was?«

Die Wachsoldaten grinsten.

»Es wäre netter von euch«, sagte der eine, »wenn ihr uns ein Trinkgeld dazulegen würdet. Die Nacht ist lang, und wir haben Durst. Übrigens, was habt ihr denn da für ein Monstrum bei euch?«

Die Männer schauten sich fragend um und erschraken. Isaak verbarg das Gesicht an Josephs Schulter. Stumm und mit großen Schritten ging der Wächter durchs Tor, eilte nach Hause, und sanft wie eine Mutter legte er Isaak auf sein Lager.

Rabbi Löw, Jakob und Abraham Chajim hatten in der Bücherkammer auf Isaak gewartet. Ihre Gesichter erhellten sich, als sie ihn wiedersahen.

»Du hast den ersten Befehl, den ich dir gegeben habe, richtig ausgeführt, Joseph«, sagte der Rabbi, »ich lobe dich. Ich verbiete dir aber, von nun an die Grenzen der Judenstadt zu überschreiten. Geh jetzt zu deinem Hüter-Dienst. Umkreise wachsam die Judenstadt!«

Isaak hielt die Augen geschlossen. Die Geschehnisse dieses ereignisreichen Tages hatten schon angefangen, als mächtige Erinnerungsbilder in seiner Seele aufzusteigen. Nur einmal noch warf er einen bohrenden Blick auf den Rabbi. Der Rabbi sah aus wie immer. Er lächelte.

Als der Wächter davongepoltert war, nahm der Rabbi die Lampe und stellte sie neben Isaaks Lager.

»Von nun an bist du in der Judenstadt sicher«, sagte er, »und du kannst ruhig schlafen. Jakob hat Essen und auch Wein für dich heraufgebracht. Beides ist wichtig für dich. Der Wein vor allem soll dich von innen her wärmen. Wenn du mit Essen fertig bist, dann vergiß nicht, das Licht zu löschen, ehe du schläfst.« Er wandte sich zur Tür.

Jakob sagte leise: »Ich bin froh, daß du wieder da bist. Ich habe mich um dich gesorgt.«

Sogar Abraham Chajim warf ihm einen freundlichen Blick zu, ehe er die Bücherkammer verließ.

Als Isaak allein war, griff er mechanisch zu den Speisen und trank von dem Wein. Obwohl er froh war, wieder zu Hause zu sein, wurde seine Stimmung immer düsterer. Und während er aß und trank, dachte er:

Ich bin schon wie dieser Golem, dieser Erdenkloß, und tu alles so, wie der Rabbi es befiehlt, ohne darüber nachzudenken!

Hartnäckig setzte sich dieser Gedanke in seinem müden Kopf fest. Als das Essen ihn gestärkt hatte und der Wein anfing, ihn zu durchwärmen, verwandelte sich seine Selbstverachtung in Enttäuschung und dann in furchtbaren Zorn:

Dieser Tag, sagte er voll Bitterkeit, der mir meine Zunge hätte wiederbringen sollen, der ein Freudentag hätte werden müssen, wie ich keinen schöneren erleben könnte, ist ein böser und schwarzer Tag geworden! Alles ist anders gekommen, als ich es erwartet habe.

Nichts hat sich zum Guten gewendet! Sogar die Kirchenräuber sind wieder in der Stadt.

Er empfand noch einmal die hoffnungsvolle Aufregung nach, mit der er auf die Insel gerudert war. Die Hoffnung allein hatte ihm die Kraft gegeben, mit der er über die Strömung des Flusses Herr geworden war. Und wie erwartungsfroh hatte er auf dem Ast über der Lehmgrube gesessen!

Und wieder fragte er sich: Warum nur hatte der Wächter keine Zunge? Konnte man ihn denn ohne Zunge als Wächter ansehen? Würde er denn ohne Zunge sein Amt versehen können? Er konnte doch weder rufen noch drohen. Er konnte auch nicht warnen. War denn das wirkende Wort, das der Rabbi für sich und die beiden anderen Männer gefunden hatte, unvollkommen gewesen? Joseph, dieser Golem, war doch sonst gut geraten: Er hatte Hände mit Fingern und Füße; er hatte Lippen, Ohren und eine Nase. Er hatte große schrägstehende Augen. Aber eine Zunge hatte er nicht.

Verbarg sich dahinter irgendeine Absicht?

Warum hatte der Rabbi als erstes vom Wächter verlangt, er solle den Mund öffnen?

»Öffne deinen Mund!«

»Er hat keine Zunge!« hatten Jakob und Abraham Chajim erschrocken gerufen. Nur der Rabbi hatte sich darüber nicht gewundert. Hatte es der Rabbi gewußt? Oder hatte er es sogar geplant? Hatte er dem Wächter mit Absicht keine Zunge gegeben? Oder war er ein Zauberer, der seinen Zauberspruch nicht richtig gelernt hatte? Oder, und dieser Gedanke erfüllte Isaak gleichzeitig mit Grauen und mit Hohn: Hatte Gott diesen Mangel herbeigeführt, damit der Rabbi nicht hochmütig werden konnte, wie es die Erbauer des Turms von Babel geworden waren?

Isaak grübelte und grübelte und kam zu keinem Schluß.

Und dann hatte der Rabbi Joseph ausgeschickt, um ihn, Isaak, von der Insel nach Hause zu holen! Von der Insel!

Woher hatte der Rabbi gewußt, daß er sich auf der Insel befunden hatte? Wußte der denn alles?

Vielleicht, sagte Isaak zu sich, haben sie gesehen, wie ich von dem Ast gefallen bin, als es mir schwarz vor Augen wurde? – Ach nein, gewiß nicht, denn Jakob hätte es sich nicht nehmen lassen, mir zu Hilfe zu eilen. Sie haben mich nicht gesehen und nicht gehört.

Und wie hatte der Wächter ihn gefunden? Wußte der etwa auch immer alles? Isaak suchte und suchte nach einer Antwort. Wie eine Fliege, die sich im Spinnennetz verfangen hat, so zappelte er im Netz der unlösbaren Fragen.

Bin ich in einem Hexennest? Sind etwa Jakob und Abraham Chajim Zauberlehrlinge?

Er merkte, wie trotz der Aufregung seine Augenlider schwer wurden. Hatte man ihm ein Schlafmittel in den Wein getan? Mit aller Gewalt versuchte er wach zu bleiben. Sein Herz rumpelte wie ein Geschirrwagen. Ein Traumbild raste auf ihn zu: Er sah die Kirchenräuber groß und größer werden. Sie trugen ihre Köpfe vor sich her, die waren von innen erleuchtet und sahen aus wie Lampen.

Die Lampe!

Noch einmal riß Isaak die Augen auf und blies die Lampe aus. Dann fiel er in tiefen Schlaf.

Der Rabbi soll betteln gehen

Voll Groll war Isaak aufgewacht.

Der Rabbi hatte den Sohar aufgeschlagen und las darin. Dann legte er den Kopf in die Hand und dachte nach.

Jetzt fragt er sich, dachte Isaak, warum sein Golem keine Zunge hat. Jetzt sucht er den Fehler, den er begangen hat. Mochte er nur grübeln! Gewiß war jetzt, wo der Wächter schon erschaffen war, die fehlende Zunge nicht mehr einzufügen.

Aber während Isaak den Rabbi betrachtete, beschlich ihn die Ahnung, daß der Rabbi das rechte Wort hätte sprechen können, wenn er es gewollt hätte. Er hatte den Fehler mit Absicht gemacht! Dem Rabbi war alles zuzutrauen! Schon längst ahnte Isaak, daß Rabbi Löw einer von jenen ganz wenigen weisen Juden war, die sich auf dem Weg zum ›Dunklen Licht‹ befanden, zur allerletzten Wahrheit. Aber wandte er diese Wahrheit im Sinne des Gerechten an?

Warum hatte er das wirkende Wort für die Zunge zurückgehalten? Ja, der Rabbi war an allem schuld! Er, der das wirkende Wort für die Zunge hätte sprechen sollen, hatte es nicht getan. Es kam Isaak vor, als habe ihn dieser Mann, der ihn so sorgfältig gepflegt hatte, um die Heilung betrogen.

In der Bücherkammer herrschte tiefe Stille. Nur aus dem Hinterhof der Synagoge drangen vereinzelte Geräusche herauf.

Dann hörte Isaak, wie unten an der Haustür ein Mann die Rebbezin bat, den Rabbi sprechen zu dürfen. Sein Jiddisch klang fremd. Die Rebbezin wies ihn zur Bücherkammer hinauf. Erwartungsvoll schaute Isaak auf die Tür.

Der Mann war klein; er hatte ein glänzendes, rotbackiges Gesicht. Flink lief der Blick seiner winzigen Äuglein durch die Kammer und blieb auf dem Rabbi haften.

»Scholem Alejchem! – Dein Söhnchen ist wohl krank, Rabbi?«

»Alejchem Scholem. – Er ist auf dem Weg der Besserung, Reb Jid. Ich danke dir für deine Anteilnahme. Was führt dich zu mir?«

»Siehst du, Rabbi«, sagte der Mann, der sich auf Jakobs Stuhl gesetzt hatte, »ich bin ein Pelzhändler und wohne mit meiner Familie in den südlichsten von den Ansiedlungsgebieten, die der Zar von Rußland den Juden zugeteilt hat.«

»Wie kommt es, daß du in Prag bist? Ich habe gehört, daß die Juden ihre Ansiedlungsgebiete in Rußland nicht verlassen dürfen.«

»Da hast du recht gehört.« Der Pelzhändler drehte seine Hände selbstgefällig lächelnd hin und her. »Es ist sehr viel nötig, um alle Amtspersonen von der Notwendigkeit der Ausreise zu überzeugen.« Verschmitzt machte er mit Daumen und Zeigefinger die Bewegung von Bezahlen. Der Rabbi lachte verständnisvoll.

»Das heißt, du bist ein reicher Mann.«

»Je nun, ich bin nicht gerade ein Schnorrer«, sagte der Pelzhändler, indem er sich auf seinem Stuhl verlegen wand, »aber wenn man es recht bedenkt, Rabbi, wird sich das, was ich habe, eines Tages durch zwölf teilen.«

»Du hast also zwölf Kinder?«

»Wie unser Stammvater Israel. Nur sind sieben Töchter dabei.«

»Ich habe nur noch eine Enkelin, Reb Jid, und Gott – sein Name sei geheiligt – hat mir Söhne verweigert.«

Der Pelzhändler warf einen erstaunten Blick auf Isaak. Zum Rabbi sagte er: »Seine Wege sind unerforscht.«

Dann schwiegen sie eine Weile.

»Warum ich komme, Rabbi, ist eben aus diesem Grund.«

»Aus welchem?«

»Ich will einen Sohn verheiraten.«

»Dazu wünsche ich dir Glück, Reb Jid.«

Der Pelzhändler seufzte. »Wenn es damit genug wäre, Rabbi Löw! Aber ich danke dir trotzdem für deine guten Worte.«

»Wo fehlt es denn noch?« Isaak kam es vor, als schmunzle der Rabbi ein wenig.

»Ja, siehst du, es ist in unsrer Familie seit langem der Brauch, daß wir uns eine Frau von weither nehmen.«

»Du willst also hier eine Frau besorgen für deinen Sohn? Warum bezahlst du denn keinen Schadchen? Diese Heiratsvermittler verstehen ihre Arbeit sehr gut.

Bei uns sind viele Ehen glücklich verlaufen, die ein Schadchen vermittelt hat.«

»Da hast du gewiß recht. Aber wir brauchen keinen Schadchen, Rabbi Löw. Wir wissen auch so, welche Frau die richtige ist.«

»Ja, wenn du schon eine Frau für deinen Sohn hast, was fehlt denn dann noch zu einer Hochzeit?«

»Die Ksibbe kann nicht aufgeschrieben werden.«

»Ja«, sagte der Rabbi mit einem so unschuldigen Gesicht, daß man glauben mußte, er wisse wirklich noch nicht, worum es dem Pelzhändler ging, »ja, wenn der Heiratskontrakt nicht geschrieben wird, kann auch nicht geheiratet werden. Ein Heiratskontrakt ist eine wichtige Sache. Wie die Ksibbe, so der Scheidebrief, heißt es. Aber man will ja nicht gleich an das Schlimmste denken.

Liegt dein Wohnort an einem Fluß mit Namen, Reb Jid?«

»Gewiß, gewiß«, antwortete der Pelzhändler verdattert. »Er liegt an einem Fluß mit Namen.« Warum spielte der Rabbi darauf an, daß ein Scheidebrief nur an einem Fluß ausgestellt werden konnte, der einen Namen hatte? Mißtrauisch schielte er von unten her in Rabbi Löws Gesicht.

Der aber lachte nun laut. So fröhlich hatte Isaak den Rabbi noch nie gesehen.

»Du hoffst also, Reb Jid, daß man hier im Städtchen und in den umliegenden Ortschaften bettelt, damit die Braut für deinen Sohn die rechte Mitgift mitbekommt. Ist es so?«

»Es ist ein alter Brauch, Rabbi«, sagte der Pelzhändler ein wenig vorwurfsvoll, »daß die Gemeinde für ein armes Mädchen die Mitgift aufbringt, damit es heiraten kann.«

»Und warum hast du dich mit deinem Anliegen nicht an den Gabbe gewendet?«

»Du weißt selbst, Rabbi, was so ein Gemeindevorsteher zu tun hat. Sollte ich ihn da mit meinen Sorgen belästigen, wo doch in seiner Nähe der berühmte Rabbi Löw wohnt? Ich weiß doch, was ich mir schuldig bin: Ich geh nicht zum Schmiedel, wenn ich zum Schmied gehen kann. Und ich weiß ja, daß die Prager Juden reich sind, wenn sie es auch nicht zeigen.«

»Dann ist ja alles gesprochen, Reb Jid.«

»Nicht alles, Rabbi Löw.«

»Nicht alles? – Was fehlt denn jetzt noch?«

»Es fehlt noch, *wer* betteln geht.«

Verblüfft sah der Rabbi den Pelzhändler an, dem die Verschlagenheit aus den Augen schaute.

»Du meinst also, *ich* sollte zum Betteln gehen?«

»So habe ich es mir gedacht, Rabbi. Denn dir wird keiner eine Gabe verweigern, und der Ausstellung der Ksibbe wird bald nichts mehr im Wege stehen. Außerdem wird auf einer Mitgift, die du erbettelt hast, Rabbi, ein ganz besonderer Segen liegen!«

Der Stock des Richters

Als der Pelzhändler gegangen war, lachte der Rabbi immer wieder laut auf. Fragend schaute ihn Isaak an. Was würde er nun tun? Es war ja nichts Außergewöhnliches, für ein armes Mädchen zu betteln. Aber daß der Meister einer jüdischen Hochschule betteln ging, das hatte er noch nie erlebt.

Der Rabbi sah ihn belustigt an. Dann wurde er ernst. »Warum eigentlich nicht?« fragte er, während er vor Isaaks Lager stehenblieb. »Ich fürchte nur, daß ich nicht so viel Erfolg haben werde, wie es der Pelzhändler hofft. Die meisten Leute auf dem Land werden mich gar nicht kennen, und für die, die mich kennen, weil sie mich auf dem Hochsitz in der Synagoge gesehen haben, werde ich nicht streng genug sein. Ich werde die Erfahrung machen müssen, Isaak, daß ich nichts tauge.«

Isaak deutete sich auf die Brust. Er wollte mitgehen zum Betteln. Er dachte: Wenn die Leute sehen, daß ich stumm bin, werden sie dem Rabbi aus lauter Mitleid etwas für die arme Braut geben.

Aber der Rabbi hatte sich dem Fenster zugewandt. Er sagte sehr ernst. »Die Bitte des Pelzhändlers ist gerecht. Ich will diesen Auftrag mit aller Sorgfalt ausführen. Wo kämen wir hin, wenn nicht einer für den anderen eintreten würde? Solche Gelegenheiten könnten für uns eine Übung sein für die Zeiten der Verfolgung und des Schreckens.«

Isaak nickte. Er dachte an den Überfall der Gojim, bei dem die Eltern ums Leben gekommen waren. Nach der Plünderung hatten manche von den Glaubensbrüdern nicht einmal mehr einen Teller zum Essen gehabt. Schränke und Truhen waren aufgebrochen; aus den Ställen war das Vieh gestohlen. Da gab es viele verarmte Mädchen, die nicht mehr ans Heiraten denken konnten. Dort hielt jeder das bißchen, was er noch besaß, krampfhaft fest, und nur wenige hatten gelernt, ihren Geiz zu überwinden.

Aber der Rabbi machte sich weder an diesem noch an einem der kommenden Tage auf. Er wartete auf irgend etwas, was Isaak nicht erraten konnte. Jedesmal, wenn Joseph, der Wächter, von seiner Nachtwache nach Hause kam, nahm er ihm achselzuckend den Befehl aus dem ledernen Beutelchen, hielt den Zettel eine Weile in der Hand und lauschte den trampelnden Schritten nach, bis sie unter der Treppe zur Ruhe gekommen waren. Dort war der Platz, wo der Golem den Tag über schlief.

Eines Morgens, als der Rabbi über dem ›Baum des Lebens‹ saß, polterte Joseph hastiger als sonst die Stiege herauf. Gespannt schaute der Rabbi zur Tür. Joseph trug einen Stock mit einem silbernen Knauf vor sich her. Er hielt ihm den Rabbi entgegen.

»Hast du ihn gefunden?« fragte der Rabbi und schaute Joseph aufmerksam ins Gesicht.

Joseph schüttelte den Kopf.

»Hat ihn dir jemand gegeben?«

Nein.

»Hast du ihn jemandem weggenommen?«

Der Wächter nickte.

»In dieser Nacht?« fragte der Rabbi. »Wollte nachts jemand in die Judenstadt?« Joseph nickte.

Der Rabbi sah den Stock prüfend an. Er konnte nur einem wohlhabenden Mann gehören. Am Knauf war ein Name ins Silber geprägt: *Stephan Slava.*

Verwundert schüttelte der Rabbi den Kopf. Er entließ

den Wächter, und als der die Treppe hinuntergepoltert war, sagte der Rabbi zu Isaak:

»Dieser Stock gehört dem obersten Richter von Prag.«

Behutsam legte er ihn vor sich auf den Tisch.

Beim Richter Slava

Rabbi Löw hatte sich dem Fenster zugekehrt. Er schaute über die niederen Dächer der Judenstadt hinweg in die Ferne. Er richtete sich hoch auf und atmete tief, als sei er zu einem besonders schwerwiegenden Entschluß gelangt. Nach einer Weile wandte er sich zu Isaak um. »Ich will dich zum Richter Slava mitnehmen. Zieh dich an.« Dann kehrte er sich dem Fenster wieder zu.

Isaak stand auf, tauchte Hände und Gesicht in die Waschschüssel und zog sich an.

Warum sollte er zum Richter Slava mitgehen? Was hatte der Rabbi mit ihm dort vor? Isaak war plötzlich sehr aufgeregt. Er netzte den Kamm und striegelte hastig sein Haar. Richter Slava war ein Goj: Würde denn dort alles gutgehen?

Der Rabbi nahm den Stock des Richters unter den Arm und ging die Treppe hinunter. Unter der Stiege schnarchte Joseph. Warum hatte er den Stock ins Haus gebracht? Hätte er es lieber nicht getan! Wer weiß, was nun daraus wurde! Isaak wollte, er könnte hier unter der Stiege neben Joseph im Winkel schnarchen. Dann wüßte er von allem weiteren nichts.

Der Rabbi hielt die Tür auf. »Na, komm jetzt!« sagte er.

Dichter Nebel senkte sich mit einem Mal auf die Häuser nieder. Ein Junge, der mit heiserer Stimme frischgekochtes Sauerkraut anpries, tauchte mit seinem Wägelchen wie aus einem Geisterland auf und verschwand wieder darin. Die Stimmen der Leute auf der Gasse und das Klappern von Wagen und Hufen tönte anders als bei klarem Wetter.

»Wir wollen so rasch wie möglich gehen«, sagte der Rabbi. »Nimm einen Zipfel meines Mantels in die Hand, Isaak, und halt dich an ihm fest!«

Sie verließen die Judenstadt im Südwesten und überquerten die Moldau auf der steinernen Brücke, an deren jenseitigem Ende gearbeitet wurde. Flaschenzüge und Hebel wurden vom Gerüst aus gehandhabt.

Im Stadtteil jenseits der Moldau, den der Rabbi die ›Prager Kleinseite‹ nannte, gab es prächtige Häuser und Paläste. Ein breiter Auftritt führte zur Burg. Sie wurde vom Hochschiff des Christendomes überragt. Hier oben war kein Nebel. Auf dem Domplatz war die Bauhütte aufgeschlagen. Die Steinsägen schrillten und Hammerschläge gellten. Es wimmelte von Handwerkern. Der Dom steckte in einem Netz von Gerüsten.

Viele Menschen grüßten den Rabbi. Isaak ließ den Zipfel seines Mantels nicht los.

Ein schöngebautes Haus fiel ihm auf. Seine Fenster blinkten. Seine Fassade war in schwarze und weiße Felder unterteilt. Der Rabbi hob den Klöppel, der an dem Maul eines Löwenkopfes hing. Das Klopfen tönte laut.

Durch den Guckladen schaute ein Diener. Er erkannte den Rabbi sofort. Er öffnete und führte ihn in einen reichverzierten Saal. Isaak hielt sich am Mantelzipfel fest. Hier, in diesen vornehmen gojischen Räumen, wurde ihm bang.

Aber sobald sich der Diener entfernt hatte, um seinen Herrn zu verständigen, schob der Rabbi Isaak hinter einen von den schweren Fenstervorhängen. Sie reichten bis zum Boden. Er bedeutete ihm, bewegungslos in dem Versteck zu stehen und unbedingt ruhig zu bleiben. Dann trat er in die Mitte des Saales zurück.

Leichte, energische Männerschritte kamen herein.

Vorsichtig spähte Isaak aus seinem Versteck. Er fuhr überrascht zurück: Den Mann, in dessen Haus sie waren, kannte er wohl! Es war jener Reiter, der damals die goldene Schale des Überflusses von der Tafel des Rabbi gestohlen hatte. Jetzt ging er freudig auf den Rabbi zu.

»Ich wollte dich heute nacht besuchen, Rabbi«, sagte er.

Der Rabbi machte eine kleine Verbeugung. Er lächelte. »Was hat dich zu mir getrieben, Richter Slava?«

»Ich habe von deiner Tafel ein goldenes Gefäß genommen, Rabbi. Ich will das Geheimnis dieses Gefäßes erfahren. Ich wollte zu dir kommen, damit du es mich lehrst.«

»Weißt du denn, was für ein Gefäß es ist?«

»Ich weiß es nicht, aber ich ahne es: Es ist die goldene Schale des Überflusses. Und weil ich das vermutete, habe ich sie mitgenommen. Lehr mich also ihr Geheimnis, Rabbi. Ich wünsche mir nichts brennender, als dieses Geheimnis zu erfahren.«

Der Richter hatte mit erhobenen Händen gesprochen. Jetzt sagte er noch einmal eindringlich. »Bitte, Rabbi, lehre es mich!«

Eine Weile schwieg der Rabbi. Dann sagte er leise: »Ich kann es nicht.« Dabei senkte er den Blick.

Der Richter ließ die Hände fallen. Er wurde blaß, und sein Gesicht verdüsterte sich. Heftig nagte er an der Lippe. Unter halbgeschlossenen Lidern starrte er den Rabbi an.

»Du bist in meiner Hand, Rabbi Löw, und deine Juden mit dir.«

Isaak hörte die verhaltene Drohung.

Der Rabbi hob die Augen und schaute den Richter voll an.

»Ich kann es nicht«, sagte er so leise wie zuvor, aber mit Bestimmtheit in der Stimme.

»Ich hab all die Tage kein Auge von dem Gefäß gewandt, Rabbi Löw«, sprach der Richter zornig, »du siehst daran, daß ich mir nicht leichtfertig wünsche, sein Geheimnis zu erfahren. Ich wünsche es mir von ganzem Herzen und von ganzer Seele. Ich hätte dir ja verbergen können, daß ich es war, der es von deiner Tafel entwendet hat. Ich habe mich dir offen bekannt. Habe ich dadurch kein Recht darauf, daß du mir das Geheimnis enthüllst? Laß mich also nicht länger bitten!«

Der Rabbi seufzte tief.

»Auch wenn ich es dir enthüllen wollte, Richter

Slava, wäre es mir nicht möglich. Bitte mich also nicht weiter darum.«

Der Richter stampfte mit dem Fuß.

»Ich will dir nicht drohen, Rabbi, aber treib mich nicht dazu!«

Isaak horchte mit angstvollem Herzen. Wie wird der Rabbi entscheiden? Sollte er dem Richter nicht doch das Geheimnis der goldenen Schale mitteilen? Wäre es nicht das Beste für die Judenstadt?

Aber der Rabbi sagte:

»Richter Slava, dieses Geheimnis enthüllt sich nur einem, dessen Herz voller Nächstenliebe ist.«

Er hob die Hand, strich dem Richter über die Augen, und dieser schloß sie, als sei er plötzlich eingeschlafen.

»Schau nun in dein Herz!« rief der Rabbi leise, »und sag mir, was du darin findest.« Und noch einmal berührte er die Augen des Richters.

Richter Slava öffnete sie wieder, schaute verwundert um sich und sagte mit schweifendem Blick:

»In meinem Herzen ist das Bild eines Straßengrabens. Ein Judenjunge liegt darin in seinem Blut. Mein Kutscher wollte ihm helfen; ich aber habe befohlen weiterzufahren. Ich sehe ein, daß ich das Geheimnis der goldenen Schale nicht erfahren kann, weil ich nicht würdig dafür bin.« Traurig verbarg er sein Gesicht in seinem weiten Ärmel.

Hinter dem Vorhang aber war ein verhaltener Schrei ertönt. Nur der Rabbi hatte ihn gehört. Isaak hatte die Stimme des Mannes wiedererkannt. Die Erinnerung an die schlimmste Zeit seines Lebens war wieder frisch.

»Fasse dich nun wieder, Richter Slava«, sagte der Rabbi. Und dann fuhr er lächelnd fort: »Ich schenke dir die Schale. Sie soll dich jeden Tag daran gemahnen, daß du den rechten Weg nicht verläßt. Betrachte sie wohl: solang du sie siehst, ist sie in Wahrheit nicht da. Ist sie aber unsichtbar, dann ist sie da. Schau bei allen Entscheidungen, die du triffst, wie sie sich verändert, und richte dich danach. So wirst du eines Tages ihr Geheimnis entdecken.«

Der Rabbi hob nun den Stock und hielt ihn dem Richter entgegen.

»Du hast meinen Wächter kennengelernt, Richter Slava? Ich habe dir den Stock, den er dir heute nacht abgenommen hat, wiedergebracht.«

»Behalt ihn, Rabbi«, sagte der Richter mit bewegter Stimme. »So hat jeder von uns etwas vom anderen. Immer, wenn du eine Botschaft an mich hast, dann schick diesen Stock mit als Erinnerung an diesen Besuch. Ich will dann alle anderen Geschäfte unterbrechen und mich zuerst um deinen Boten kümmern.«

Der Rabbi dankte. Bevor er sich verabschiedete, sagte er mit einer Kopfbewegung zum Vorhang hin:

»Ich habe eine kleine Freude für dich, Richter Slava«, und er rief Isaak aus seinem Versteck. Der Richter erkannte ihn nicht.

»Er ist der Junge aus dem Graben. Er ist stumm, aber er lebt.«

Erschüttert sah der Richter Isaak an.

»Gott hat mich davor bewahrt«, sagte er mit vergehender Stimme, »an deinem Tod schuldig zu werden. Es ist nicht mein Verdienst.«

Als der Rabbi mit Isaak zur Judenstadt zurückging, stützte er sich schwer auf den Stock, den der Richter ihm geschenkt hatte. Er war tief in Gedanken. Und jedesmal, wenn Isaak einen scheuen Blick auf ihn warf, fand er ihn rätselhafter als je zuvor.

Essen bei Tisch

Tagelang grübelte Isaak darüber nach, wie der Rabbi hatte wissen können, daß der Richter ihn, Isaak, im Straßengraben hatte liegenlassen. Wie war es denn damals gewesen? Hatte der Rabbi die Kutsche des Richters sehen können, als er kurz danach ihn, Isaak, fand? Hatte er die Kutsche als die des Richters erkannt? Hatte der Richter den Rabbi und Jakob überholt, ehe der Kutscher angehalten hatte? Oder hatte der Rabbi nur vermutet, daß der Richter den ›schlimm zugerichteten Judenbengel‹ gesehen haben mußte? Wie lang war damals die Bewußtlosigkeit gewesen? Hatte sie ihm so lang geschienen, wie sie in Wahrheit gar nicht gedauert hatte?

Isaak ging grübelnd durch die Gasse. Er sah nicht, daß die Leute sich nach ihm umwandten und hinter der vorgehaltenen Hand zueinander sagten:

»Das ist der Junge, den der Rabbi vom Tode errettet hat. Seht, er läuft herum wie ein Lebender, aber er weiß es noch nicht, daß er lebt, sonst würde er den Blick vom Boden heben!«

Isaak trat ins Haus. Unter der Stiege schnarchte der Wächter. Im Schlaf hatte er sein tönernes Bein ausgestreckt, und man mußte es übersteigen, wenn man zur Wohnstube wollte. Isaak starrte es an, als sähe er es zum erstenmal.

Wenn ich mit meinem Holzschuh an dieses Bein trete, wird der Golem es spüren?

Er schielte zur Küchentür hin, hinter der die Stimmen der Frauen waren. Dann trat er dem Wächter mit Wucht ans Bein.

Joseph zuckte zusammen, unterbrach das Schnarchen und zog das Bein unter sich, ohne aufzuwachen.

Isaak blieb einen Augenblick abwartend stehen. Nach und nach wurde das Schnarchen wieder so laut, wie es vorher war.

Er tut alles wie ein Mensch, dachte Isaak und ist doch kein Mensch. Wenn ich nur wüßte, ob er ein Herz hat!

Ob er ein Herz hat, und ob er eigene Gedanken hat, fragte sich Isaak, während er die Stiege hinaufging.

Unten wurde die Haustür geöffnet. Der Rabbi kam nach Hause. Als er Isaak auf der Treppe stehen sah, rief er ihn an.

»Heute ißt du zusammen mit uns am Tisch! Komm nur gleich herunter!«

Mit am Tisch! Ängstlich verzog er die Brauen. Er aß doch anders als die Menschen, die ihre Zunge noch hatten. Vergaß der Rabbi das? Er brauchte lang, bis der Zungenstumpf die Speisen zwischen die Zähne gebracht hatte. Dazu mußte er den Kopf schieflegen, sonst gelang es schon gar nicht. Manchmal fiel ihm auch ein Stück aus dem Mund und besudelte seine Kleider. Und das alles sollte er vor den Augen anderer tun – vor Sulamiths Augen?

Als er am Tisch saß, wagte er kaum, den Blick vom Teller zu heben. Von Sulamith und der Rebbezin sah er nichts als den Rocksaum und die Schuhe, wenn sie hin und her gingen, um zu bedienen. Ins Gesicht hätte er ihnen ja auch dann nicht gesehen, wenn er seine Zunge noch gehabt hätte. Es ist verboten, daß ein Jude einer Frau ins Gesicht sieht, und Isaak war gut erzogen. Aber er sah die Hände, wenn sie ihm etwas auf den Teller gaben. Die Hand mit dem schönen blauen Ring gehörte Sulamith.

Einen Augenblick hörte Isaak mit Kauen auf: War es ein Verlobungsring? Irgend etwas in seiner Brust tat weh.

Die Rebbezin hatte eine weiche warme Stimme. An die Stimme seiner Mutter konnte er sich sonderbarerweise nicht erinnern. Der Rabbi nannte seine Frau ›meine liebe Perle‹. Gewiß heißt sie Perla, dachte Isaak; das war ein gebräuchlicher Name. Isaaks Mutter hatte Esther geheißen.

Im Kreis der Familie war der Rabbi wie jeder andere Hausvater. Er hatte das Kipl auf, segnete die Speisen und sprach den Dank. Er forderte Jakob und Isaak zum Essen auf. Er goß den Wein ein, wenn es einen gab. Alles Unheimliche war von ihm abgefallen. Jakob, der neben ihm saß, war wie ein Sohn in der Familie. Isaak spürte das enge Band der Freundschaft, das alle, die um den Tisch saßen, umschloß.

Solch eine Familie, dachte er bekümmert, würde er niemals haben. Immer würde er irgendwo das Gnadenbrot eines Krüppels essen. Sehr niedergeschlagen verließ er nach dem Essen den Raum.

Als er am schlafenden Wächter vorbeiging, fiel es ihm zum erstenmal auf, daß der ja niemals aß.

Also ist er doch kein Mensch! Er ist etwas anderes. Er ist ein Wesen, das, ohne zu essen, leben kann! Darum braucht er auch keine Zunge!

Er, Isaak, war ebenfalls kein ganzer Mensch, weil er keine Zunge hatte. Aber er hätte sie zum Essen nötig. Wie dieser Golem würde er immer stumm und vergessen im dunkelsten Winkel des Lebens kauern müssen!

Mißmutig schleppte er sich die Stiege hinauf und warf sich auf sein Lager. Er wälzte sich auf den Rücken und schloß die Augen unter den verschränkten Händen. Als er Jakobs leise Schritte auf der Treppe hörte, öffnete er sie nicht.

Behutsam machte Jakob die Tür auf – nur einen Spalt, und dann ein wenig mehr.

»Isaak«, sagte er und kam einen Schritt weit in die Bücherkammer herein, »ich will dir einen Satz sagen, der dir vielleicht in deiner Traurigkeit hilft. Er heißt so:

Das Lernen der Thora wiegt alles auf.«

Dann ging er so leise, wie er gekommen war, hinaus.

Ja, diesen Satz kannte Isaak wohl! Mit ihm hatte der Vater sein Leben gemeistert. Immer, wenn etwas Schweres über ihn gekommen war, hatte er zur Thora gegriffen. Isaak schaute hinüber zum Bücherbord, aber er hatte nicht die Kraft aufzustehen. Lieber überließ er sich seinem Unglück.

Der Planwagen

Einige Tage später war Jakobs Schechina, die ihn als einen Doktor der Schriftgelehrsamkeit auswies. Nun war er ein ›Bräutigam der Thora‹. Alle jüdischen Lehrer und Schüler waren in der Synagoge zusammengekommen. Jakob mußte eine Rede halten. Die Schriftgelehrten legten ihm einen Satz vor, den er auszudeuten hatte:

Mach die Thora nicht zum Spaten und nicht zur Krone.

Isaak dachte: Das ist ein schwieriger Satz. Was soll man unter ihm verstehen?

Er saß auf dem Platz, den Abraham Chajim ihm freigehalten hatte. Zwischen den Köpfen der Erwachsenen hindurch sah er auf den Rabbi, der nahe beim Thoraschrein auf dem Hochsitz saß. Er sah, daß der Rabbi ein erwartungsvolles Gesicht hatte, das gleichzeitig voller Zuversicht war.

Isaak dachte daran, daß manche Menschen zu jeder Tätigkeit, die sie sich vornahmen, Worte aus der Heiligen Schrift heranzogen. Sie machten die Thora zum Spaten ihrer Werktagsarbeit. Sie entweihten die heiligen Schriften. Und andere wieder vertieften sich so sehr in sie, daß sie den Werktag darüber vergaßen. Sie schwebten nur noch über dem, was der Alltag fordert. Sie glaubten bald, etwas Besseres zu sein als ihre schwer arbeitenden Glaubensbrüder. Und so setzten sie sich selbst die Krone des Hochmuts auf.

Doch, auch ich könnte diesen Satz schon ein wenig auslegen, dachte Isaak. Er fühlte die Begabung zur

Schriftgelehrsamkeit in sich. Mit brennenden Augen schaute er auf Jakob, der mit seinem Vortrag begonnen hatte. Obwohl es in der Synagoge düster war, sah Isaak doch, wie Jakobs Augen beim Sprechen funkelten, wie seine Zähne blitzten, wenn er lächelte: Er war seiner Sache sicher. An der gesammelten Stille merkte Isaak, wie es Jakob gelang, seine Zuhörer zu fesseln. Was er sagte, rauschte an Isaaks Ohren vorbei. Aber wie er es sagte, das fühlte er. Und da traf es ihn wieder mit aller Macht, daß er selbst nie, nie dort vorne am Pult stehen würde! Nie würde er so wie Jakob zu den Gelehrten sprechen. Er würde nie ein Bräutigam der Thora werden und hatte doch die Begabung dazu!

Isaak verließ seinen Platz. Während er sich aus der Synagoge schlich, fiel sein Blick auf Abraham Chajim. Der Schammes schaute ihm kopfschüttelnd in die Augen. Er kannte den Grund, aus dem heraus Isaak die Synagoge verlassen wollte.

Ja, dachte Isaak bitter: Der Neidische versteht den Neidischen. Draußen trieb er sich herum.

Unversehens gelangte Isaak zu jener Toreinfahrt, in der er der Frau mit dem roten Rock begegnet war. Seit jenem Sonntag war er nie mehr hier gewesen. Er schaute in den Hof. Aber sofort zuckte er zurück. Da stand der Planwagen, den er so gut kannte. Die Deichsel war hochgeklappt und ruhte mit dem Gelenk auf einem Bock.

War der Wagen hier zu Hause? Isaak wagte nicht, in den Hof hineinzugehen. Aus den Fenstern der armseligen Häuser war der ganze Hofplatz zu überblicken.

Wohnten die Kirchenräuber bei der Frau? Waren sie

womöglich mit ihr verwandt? Was hatte sie mit ihnen gemein? Isaak fiel ein, daß sie ihr den roten Rock verkauft hatten. Er wünschte, die Frau hätte nichts mit ihnen zu tun. In den elenden Häusern, die den Hof säumten, lebten andere Menschen genug; warum sollten die Kirchenräuber also ausgerechnet bei der Frau wohnen? Waren sie nicht eher dort, wo auch der Raub war?

Wo war der Raub? Zum erstenmal stellte sich Isaak diese Frage. Mißtrauisch betrachtete er das Haus, vor dem der Wagen stand. Es war niedrig und sah verkommen aus. Aber an den Fenstern hingen saubere Gardinen. In einem angebauten Verschlag meckerte eine Ziege. War der Raub in diesem Haus? Wußte die Frau, die immer so freundlich zu Isaak gewesen war, davon?

Sie besaß den roten Rock, der vorher jener anderen gehört hatte, die ertrunken war. Isaak sah die Geschirrhändlerin deutlich vor sich, wie sie den Rock gehoben und lachend über den Raub gestülpt hatte. Jetzt war der Rock wieder dort, wo der Planwagen war. Was stimmte an dieser Sache nicht?

Isaak hätte einen Menschen gebraucht, mit dem er über alles hätte sprechen können. Aber wen sollte er mit seinen Geschichten belästigen?

Das Papier fiel ihm ein, das er am Fußende seines Lagers versteckt hatte. Er lief nach Hause und zog es vor. Er nahm den Federkiel und schrieb:

»Die beiden Kirchenräuber kehrten an jenem Abend in die Stadt zurück, als Joseph mich von der Insel holte. Heute, am Tag von Jakobs Schechina, fand ich den Wagen in dem Hof, in dem ich die Frau mit dem roten

Rock gesehen habe. Der Wagen steht dort mit aufgebockter Deichsel. Ich sah weder die Männer noch die Frau mit dem roten Rock.«

Er trocknete die Tinte mit Sand, blies darüber und verbarg das Papier an seinem Platz.

Hand und Traube

Isaak gewöhnte sich nur langsam an die gemeinsamen Mahlzeiten. Erst als er endlich sicher war, daß keiner über ihn spottete, daß alle sein Dabeisein als etwas Selbstverständliches ansahen, wurde er ruhiger. Seine Anspannung ließ nach, und je freier er wurde, desto leichter fiel ihm das Kauen. Dazu half auch, daß der Rabbi jeden Tag ein neues Thema als Tischgespräch wählte, über das er lebhaft mit den Seinen sprach. Isaak hörte zu und vergaß darüber sein Leiden.

»Wer die Größe flieht, den sucht sie«, sagte der Rabbi eines Tages bei Tisch, und er meinte damit den Rabbi Lurja, der nahe bei der ägyptischen Stadt Kairo als Einsiedler gelebt hatte. Dort hatte er die Sprache der Vögel erlernt. Aber Gott – sein Name sei geheiligt – hatte einem Mann aus der Gemeinde Saphed den Weg zu ihm gewiesen. Der hatte ihn mit nach Galiläa genommen und hatte ihn zum obersten Rabbiner der hohen Schule von Saphed gemacht.

Während der Rabbi erzählt hatte, hatten die Rebbezin und Sulamith die Teller aufgedeckt, die Speisen gereicht, die Teller gewechselt und die Schale mit dem Obst auf den Tisch gestellt.

Zwischen Jakob und Isaak saß an diesem Tag Abraham Chajim, so daß Isaak nur Jakobs Hand sehen konnte, wenn sie nach dem Brot griff oder etwas aus einer Schüssel nahm.

Aber er sah auch, wie Sulamith, als sie Jakob eine Traube reichte, ihre Hand nicht schnell genug zurückzog, so daß sie Jakobs Hand berührte. Und er sah, daß Jakobs Hand zuckte, aber blieb. Da wußte Isaak, daß man bald einen Trauhimmel über den beiden aufspannen würde, wie man es bei jedem Hochzeitspaar tat.

Isaak stand so heftig vom Tisch auf, daß der Stuhl umfiel. Und erst das Rumpeln brachte ihn zur Besinnung. Mit rotem Kopf verließ er das Zimmer. Hastig lief er hinaus vors Haus, um Luft zu schöpfen.

Draußen lehnte er sich an den Türpfosten und versuchte, ruhig zu werden. Aber immer wieder zog das, was er gesehen hatte, an seinem inneren Auge vorbei: Die Hand, die nahe bei der anderen Hand gelegen hatte, die Traube. Die Hand, die vor der anderen Hand nicht geflohen war. Es war ihm, als spule sich die Zeit auf einmal ganz schnell ab. Jetzt, in diesem Augenblick, als er an dem Türpfosten lehnte. Es kam ihm vor, als mache er plötzlich einen Sprung ins Erwachsensein. Alles Kindhafte an ihm war ohne Übergang vergangen. Er fühlte sich von einem Augenblick auf den anderen alt.

Abraham Chajim kam aus dem Haus. Aber er machte keine giftige Bemerkung, wie Isaak es erwartet hatte. Er wiegte den Kopf besorgt hin und her. Wortlos ging er auf der Gasse davon.

Da brach der Zorn aus Isaak wieder hervor: Der

Rabbi war an allem schuld! Wenn der Rabbi das wirkende Wort für eine Zunge gesprochen hätte, würde sich eines Tages auch nahe neben seine, Isaaks Hand, die Hand eines Mädchens legen. Warum hatte er es nicht getan? Warum nicht?

Isaak preßte die Fäuste an die Schläfen und legte seine Stirn an die Tür. So blieb er lange stehen. Dann ging er endlich ins Haus zurück.

Unter der Stiege kauerte der Wächter, Isaak trat ihm an das plumpe Bein.

Wenn du noch nicht erschaffen wärst, könnte ich noch hoffen! dachte er wütend. Dann wäre das wirkende Wort noch nicht gesprochen! Er warf einen haßerfüllten Blick auf den schlafenden Golem. Sein kahler Schädel war nach vorn gesunken, die schrecklichen, grünschillernden Augen waren zu; er rührte sich nicht. Es war, als habe Isaak es mit einer Wand zu tun, die man anschreien kann, ohne daß sie es hört.

Rücksichtslos trampelte er die Stiege hinauf und riß die Tür zur Bücherkammer auf.

Die Berufung

Der Rabbi saß studierend am Tisch. Mit hochgezogenen Brauen schaute er Isaak entgegen. Aufmerksam beobachtete er ihn. Isaak warf die Tür hinter sich zu, lief zum Tisch, riß ein Blatt Papier aus dem Stapel und fuhr mit dem Gänsekiel in die Tinte. Mit fahriger Schrift – ohne Ehrfurcht vor den hebräischen Buchstaben – schrieb er etwas nieder. Dann stieß er den Bogen auf das Buch, in dem der Rabbi studiert hatte. Es freute ihn, daß der Rabbi blaß geworden war. Isaak blieb wartend stehen.

Der Rabbi warf einen Blick auf das Papier, auf dem die Worte zu lesen waren:

»Warum hast du den Spruch für die Zunge nicht gesprochen?« Isaak stand wartend da. Was würde nun geschehen? Wie würde der Rabbi Isaaks Unverschämtheit bestrafen? Würde er ihn aus dem Hause jagen?

Der Rabbi deutete auf einen Stuhl.

»Setz dich!« befahl er ruhig. Isaak gehorchte verwirrt.

Rabbi Löw nahm das Papier, als habe er den Satz noch nicht gelesen. Vor sich hinschauend, nickte er mehrere Male. Er ließ sich soviel Zeit mit der Antwort, daß Isaak schon glaubte, er habe seine Anwesenheit vergessen.

Mein Kummer rührt ihn nicht, dachte er. Er liebt nur seine Bücher. Mit einem bösen Blick streifte er das Buch, das vor dem Rabbi lag.

Da liest er in der Mischna, dachte er, in der mündlich überlieferten offenbaren Lehre. Er ist ein Weiser, ich aber werde immer ein Am ha Arez bleiben. Es kümmert ihn nicht.

Langsam glitt Isaaks Blick zum Gesicht des Rabbi hinauf. Es sah müde aus, alt und zersorgt. Mit einem Mal empfand er Mitleid mit diesem berühmten Mann. Die Worte des Pelzhändlers kamen ihm in Erinnerung, der gesagt hatte:

»Soll ich denn zum Schmiedel gehen, wenn ich zum Schmied gehen kann?«

Ja, jeder hier in der Judenstadt meinte, er müsse mit seinen Anliegen zum Schmied gehen. Ihre ganzen Sorgen warfen sie auf diesen Mann: Wenn sich zwei Händler stritten, kamen sie zum Rabbi. Der mußte ihren Streit schlichten. Wenn ein Armer keine Wohnung oder Kleidung hatte, der Rabbi mußte helfen. Wenn einer Unglück im Stall hatte, der Rabbi mußte benschen. Wenn einer gestohlen hatte, der Rabbi mußte richten. Der Rabbi mußte die guten und die schlechten Juden vor den christlichen Behörden vertreten. Er mußte die Lösegelder zusammentrommeln, wenn einer aus der Judenstadt ins Gefängnis geworfen worden war. Er mußte in der Jeschiwe lehren. Er mußte studieren. Er mußte in der Synagoge disputieren. Er mußte viele Briefe schreiben und viele Briefe lesen, um mit den jüdischen Brüdern in anderen Städten Europas, Rußlands, Ägyptens und Palästinas in Zusammenhang zu bleiben. Er mußte die Launen des Kaisers befriedigen. Immer kam man zuerst zu ihm, ehe man zu denen ging, die von Amts wegen zuständig waren, denn er, der Rabbi Löw, war berühmt.

Isaak schämte sich.

Ich quäle ihn und klage ihn an, weil ich nur an mich denke!

Tränen stiegen ihm in die Augen. Er ergriff noch einmal die Feder, tauchte sie ein und schrieb mit klaren, sauber ausgeformten Buchstaben auf die Rückseite des Papieres:

»Rabbi, verzeih!«

Dann legte er die Feder zurück und bedeckte das Gesicht mit den Händen.

Es verging geraume Zeit, in der keiner von beiden sprach. Dann fühlte Isaak die Hand des Rabbi auf seinem Haar. Zweifelnd schaute er auf.

Der Rabbi nahm die Hand nicht von Isaaks Kopf. Er tat das, was ein Meister mit jenem tut, der sein Lieblingsschüler werden soll. Isaak stockte der Atem. Meinte der Rabbi es ernst? Wollte er ihn, den Stummen, wirklich als Schüler aufnehmen?

Ich habe ja noch nicht einmal das Recht dazu, die Twellen anzulegen! Meine Barmizwe hat nicht stattgefunden!

Und noch einmal, wenn auch nur für einen flüchtigen Augenblick, stieg in ihm die Angst hoch, der Rabbi könnte vielleicht doch ein Zauberer sein. Aber dann siegte der Lebenswille und verwandelte die Ängste in Vertrauen. Heiße Freude durchströmte sein Herz. Nun würde er sein Leben nicht als ein Am ha Arez verbringen müssen, als ein ganz und gar Unwissender! Nun war er der jüngere Bruder des Lieblingsschülers Jakob und sein Nachfolger in der Lehre. Er war der Sohn des Rabbi und der Erbe seines Geistes.

Der Rabbi schaute ihn freundlich an.

»Isaak«, sagte er mit ruhiger Stimme, »auf die Frage, die du mir gestellt hast, will ich dir antworten, wenn ich meine, daß es dafür an der Zeit ist.«

Isaak neigte zustimmend den Kopf. Dann küßte er dem Rabbi die Hand und stand auf.

Nur der eine Mann?

Isaak war in den letzten Tagen immer wieder zu der Toreinfahrt gegangen und hatte in den Hof geschaut. Der Planwagen war jedesmal so mit aufgebockter Deichsel dagestanden, wie Isaak ihn das erste Mal gesehen hatte. Auch heute war es nicht anders. Selten hatte Isaak einen Menschen in eines der kleinen Häuser gehen sehen, die den Hof umgrenzten. Manchmal gab es spielende Kinder. Sie schlugen ihre Reifen über den festgestampften Lehm, kletterten auf den einzigen Baum, den es dort gab, und spielten Fangen. Meistens war entlang der Häuschen Wäsche aufgespannt. Die Frau mit dem roten Rock hatte Isaak nicht mehr gesehen. Immer wieder war er mit hängenden Schultern von dort in die Judenstadt zurückgekehrt. Wenn man ihn aber gefragt hätte, was er eigentlich in der Hofeinfahrt wollte, er hätte es selbst nicht recht gewußt. Vielleicht wartete er nur auf die Frau. Vielleicht hoffte er darauf, daß sie eines Tages zu ihm sagen würde: Man hat die Kirchenräuber gefangen.

Die Händler und Handwerker, die auf der Gasse oder in den Hauseingängen ihre Geschäfte betrieben, kannten ihn nun schon gut und winkten oder nickten ihm zu. Seit sie wußten, daß er stumm war, benahmen sie sich selbst wie Stumme: Sie sprachen mit Gesten, winkten und deuteten, und alles in der liebevoll-unvernünftigen Anpassung an sein Elend. Sie hielten sich die Nase zu, wenn sie sagen wollten, es stinkt. Sie preßten die Hände auf die Ohren, wenn sie etwas nicht hören wollten, und sie tupften mit dem Finger an die

Stirn, wenn sie meinten, irgend etwas sei verrückt. Alle behandelten ihn aber mit Respekt, weil er zum Haushalt des Rabbi gehörte, den alle verehrten.

Als Isaak an diesem Tag zur Hofeinfahrt ging, waren die Händler schon dabei, ihre Tische ins Haus zu tragen und die Straße vor den Häusern zu kehren. Auch ein Mädchen von vielleicht zwölf Jahren kehrte mit einem schweren Reisigbesen die Treppe vor dem Haus des Goldschmieds. Es war verkrüppelt. Sein linkes Bein war dünn und kurz. Es steckte zwischen zwei Latten, die unten so lang waren wie das gesunde Bein. Voll Mitleid schaute Isaak es an.

Als das Mädchen es bemerkte, schrie es rot vor Zorn: »Was glotzt du so? Hast wohl noch nie einen Krüppel gesehen, was?«

Der Besen fiel ihm aus der Hand. Es bückte sich, um ihn zu greifen. Aber die Holzschienen, die mit einem Riemen an Rumpf und Schultern befestigt waren, hinderten es daran.

Isaak hob den Besen auf und reichte ihn dem Mädchen. Ohne zu danken, riß es ihn an sich. Zornig fegte es weiter.

Isaak hätte gerne etwas Tröstliches zu dem Mädchen gesagt. Aber er konnte ja nicht; traurig ging er weiter.

Diesmal traf er die Frau. Schon von weitem sah er ihren roten Rock. Er lief hinter ihr her. Aber erst, als sie in die Hofeinfahrt einbiegen wollte, zeigte er sich ihr.

Ihr Lächeln war nicht so herzlich wie beim ersten Mal. Unmutig öffnete sie ihre Geldtasche, um nach einem Kupferstück zu suchen. Isaak wehrte ab.

Nein, das war es nicht, was er wollte. Er deutete auf den Wagen und machte ein fragendes Gesicht.

»Der Wagen?« sagte sie erstaunt, »der gehört meinem Liebsten. Er hat ihn dem Geschirrhändler abgekauft. So hat er es mir gesagt. Weißt du, der arme Mann ist durch den Tod seiner Frau ganz verstört. Er will sich vom Geschirrhandel zurückziehen. Darum hat er uns den Wagen verkauft. In gut zwei Jahren können wir ihn abgezahlt haben, wenn das Geschäft gut geht.«

Isaak hatte der Frau in die Augen gesehen, während sie gesprochen hatte. Sie sahen ehrlich aus. Aber wieder hatte sie nur von dem *einen* Geschirrhändler gesprochen, dabei waren es doch zwei gewesen.

Isaak bedeutete der Frau, ein wenig im Hof zu warten. Er lief zu dem Baum, auf dem die Kinder herumkletterten, und brach ein kleines Ästchen ab. Damit schrieb er vor ihren Füßen in den Sand:

»Gehörte der Wagen nur *einem* Mann?«

Mit einer Handbewegung forderte er die Frau auf, den Satz zu lesen. Sie schüttelte den Kopf.

»Lesen kann ich nicht, ich habe es nicht gelernt«, sagte sie.

Enttäuscht lief Isaak davon. Die Frau schaute ihm einen Augenblick kopfschüttelnd nach. Dann ging sie ins Haus.

Allmählich wurden Isaaks Schritte langsamer. Er versuchte, seine Gedanken zu sammeln. Unwillkürlich blieb er stehen. Welcher von den Kirchenräubern hatte den Wagen dem Liebsten der Frau verkauft?

Isaak stellte sich noch einmal die Gesichter der beiden Männer vor. Am deutlichsten kam ihm jenes vor Augen, das so nah über ihm gewesen war, als das Schreckliche geschah: Rot aufgedunsen, mit kleinen, erbarmungslosen Augen, die hinter Wülsten versteckt lagen. Eine breite Nase, ein wulstiger Mund und weit auseinanderstehende, gelbe Zahnstümpfe. Er würde dieses Gesicht aus tausend anderen herausfinden können, denn es war von einem besonderen Merkmal gezeichnet: Von der Nase quer über die Wange bis hin zu dem einen Ohr zog sich eine dicke, bläulichrote Narbe. Diesem Mann hatte zweifellos der Wagen gehört; der andere war sein Komplize.

Das Gesicht des anderen war Isaak nicht mehr so deutlich in allen Einzelheiten in Erinnerung; er hatte es nie so nah vor sich gehabt. Aber etwas hatte er nicht vergessen: Dieser Mann litt an der Krankheit, die man als Haarfraß bezeichnet. Sein Haarboden war an vielen Stellen kahl, er hatte kleine, etwa talergroße Glatzen. Er war nicht so grob wie der andere Mann, aber er war tückischer. Manchen scheelen Blick hatte Isaak von ihm aufgefangen. Manchmal hatte dieser Mann haßerfüllt auf die Frau geschaut, die den Wagen kutschiert hatte. Dann war Isaak jedesmal ein Schauder über den Rücken gelaufen. Er hatte nur wenig gesprochen, wogegen der Mann mit der Narbe viel und laut prahlend geredet hatte.

Plötzlich zuckte Isaak zusammen:

Ich hätte die Schrift im Sand löschen sollen! Wenn einer von den beiden Kirchenräubern in den Hof kommen sollte, würde er sofort wissen, daß er, Isaak, dagewesen war! Mit dieser Schrift, dachte Isaak entsetzt, habe ich mich selbst verraten! – vorausgesetzt, daß die Männer lesen können.

Er machte kehrt und rannte, so schnell er konnte, zur Hofeinfahrt zurück. Ganz außer Atem drückte er sich an den Torpfosten und lugte an ihm vorbei.

Da stand die Frau mit einem Mann vor der Schrift. Gemeinsam buchstabierten sie den Satz. Als sie damit fertig waren, schauten sie einander fragend an und hoben lachend die Schultern. Der Mann schüttelte den Kopf, legte der Frau den Arm um die Taille und gab ihr einen scherzhaften Kuß. Und nachdem er rasch mit dem Schuh über die Schrift gefahren war, schob er die Frau ins Haus. Auf seinem Hinterkopf waren viele talergroße Glatzen.

Isaak war wie von Sinnen. Dieser Mann, der dort den Arm um die Frau gelegt hatte, war einer von den Kirchenräubern. Er war es, der die Ertrunkene vormals mit so haßerfüllten Blicken angesehen hatte. Isaak hatte ihn an seinen Glatzen erkannt. Ja, und noch etwas war dieser Mann! Isaak schlug sich an die Stirn. Er mußte es glauben, ob er wollte oder nicht: Der Mann mit dem Haarfraß war der Liebste dieser Frau! Isaak kam es vor, als verwirrten sich die Gedanken in seinem Gehirn. Schlagartig kam die Angst zurück. Und wenn er sich auch zur Vernunft rief und sich sagte, daß durch das, was er soeben gesehen hatte, nichts anders geworden war, lief er doch fluchtartig in die Judenstadt zurück.

Das Mädchen mit dem verkrüppelten Bein stand noch vor dem Haus. Es stützte sich auf den Besen. Als Isaak vorbeilief, schaute er auf die andere Straßenseite, damit es nicht wieder meinen konnte, er glotze auf ihr kurzes Bein.

»Du kannst ruhig herschauen!« schrie es aber so aufgebracht wie beim ersten Mal. »Oder verträgst du es nicht, einen Krüppel anzusehen?« Und da Isaak nicht antwortete, weil er nicht antworten konnte, kreischte es außer sich:

»Mach doch deinen Mund auf, oder bist du stumm?«

Isaak nickte ruhig. Ja, ich bin stumm. Er öffnete den Mund und schloß ihn wieder.

Hastig humpelte das Mädchen heran. Ganz nah hob es das Gesicht vor das seine. Isaak schlug die Augen nieder. Er fürchtete, es würde ihn berühren. Jüdische Mädchen und Jungen berührten einander nicht. Sie gaben einander auch nicht die Hand. Sie schauten einander nicht ins Gesicht.

Und jetzt war das Gesicht dieses Mädchens so nah! Und die Augen darin waren so groß!

Leise sagte das Mädchen: »Oh!«, und während sich seine Augen mit Tränen füllten, immer wieder: »Oh!«

Isaak sah beschämt zur Seite. Hastig lief er davon.

Droben in der Bücherkammer ließ er sich auf einen Stuhl fallen. Aufstöhnend schloß er die Augen. Als er sie wieder öffnete, fiel sein Blick auf das Bücherbord.

Ohne den Blick von der Thora zu wenden, erhob er sich langsam vom Stuhl. Das Buch hatte nach ihm gegriffen. Es zog ihn zu sich heran.

Das Lernen der Thora wiegt alles auf.

Isaak nahm das Buch aus der Reihe, legte es auf den Tisch und schlug es auf. Er las inbrünstig, um sich von allem, was ihn beunruhigte, abzulenken:

Sag den Israelitern: Haltet den Sabbat, denn er ist ein Zeichen zwischen MIR und euch.

Je weiter Isaak las, desto ruhiger wurde er. Großes Mitleid mit dem verkrüppelten Mädchen übermannte ihn. Ein Mädchen konnte keinen Trost aus dem Lernen der Thora gewinnen. Das Studium der Heiligen Schriften war den Männern vorbehalten. Mädchen, die studieren wollten, waren von einem Dybuk besessen. Es durfte sie nicht geben. Als Isaak ganz ruhig geworden war, stellte er das Buch an seinen Platz zurück. Dann holte er seine Aufzeichnungen vom Fußende des Lagers und schrieb auf, was er heute in jenem Hof gesehen hatte.

Isaak befiehlt dem Golem

Am nächsten Morgen nahm der Rabbi Isaak in die Jeschiwe mit, damit er die Bocherim kennenlernen könne. In der Jeschiwe war der Rabbi Isaak fremd. Er war der strenge Talmud-Chacham, dem die Bochers ehrfürchtig lauschten. Er zeigte ihnen die kristallene Klarheit der offenbaren Lehre. Sie hatten Tintenfässer vor sich und kauten an den Federkielen. Hie und da schrieben sie eines seiner Worte auf. Der Rabbi stellte seine Fragen Isaak zuliebe so, daß sie nur mit Ja oder Nein zu beantworten waren. Auf diese Weise erfuhr er, was Isaak wußte und was nicht.

Jedesmal, wenn Isaak zu einer Frage nickte oder den Kopf zur rechten Zeit schüttelte, sah er Jakobs anerkennenden Blick. Isaak merkte, daß Jakob stolz auf ihn war wie ein großer Bruder auf einen kleinen. Er freute sich sehr. Aber in der Pause verging seine Freude rasch. Die Bocherim wußten nicht recht, wie sie sich zu einem Stummen verhalten sollten. Sie zogen sich von ihm zurück, standen in Gruppen herum, aus denen er ausgeschlossen war, und redeten laut miteinander, während sie es peinlich vermieden, in seine Richtung zu schauen. Dabei hätte Isaak manchen von ihnen gern zum Freund gehabt.

Auf dem Heimweg sagte der Rabbi:

»Ich habe bemerkt, daß du gut unterrichtet bist. Ich weiß aber noch nicht genau, wo du mit deinem Wissen stehst. Ich will heute in die umliegenden Gemeinden gehen, um die Mitgift für das arme Mädchen zusammenzubetteln, damit es heiraten kann. Der Pelzhändler kommt bald von seiner Reise zurück.

Ursprünglich hatte ich vor, dich mitzunehmen. Aber nun möchte ich doch lieber, daß du mir in dieser Zeit einen Überblick über das gibst, was du weißt. Ich will dir eine Reihe von Fragen zusammenstellen. Die sollst du mir in den nächsten Tagen beantworten, so gut du kannst. Ist es dir recht?«

Isaak zögerte mit der Antwort. Er wollte mit dem Rabbi zum Betteln gehen. Ohne ihn, das fürchtete er, würde der Rabbi wenig Erfolg haben. Diese Enttäuschung wollte Isaak ihm ersparen.

Aber nun war er ja des Rabbi enger Schüler. Nun war es wichtiger, daß er ihm zeigte, wo er mit seinem Wissen stand.

Freudig nickte er. Und als der Rabbi nach dem Essen den Wanderstecken aus der Ecke nahm, setzte sich

Isaak an den Tisch, um mit der Beantwortung der Fragen anzufangen. Er vertiefte sich so in seine Aufgabe, daß er gar nicht merkte, wie die Zeit verstrich. Manche von den Fragen fand er ganz leicht. Andere wieder schienen ihm so verzwickt, daß er es nicht wagte, sie zu beantworten. Endlich wurde er durch das Poltern des Wächters, das von unten heraufönte, aus seinen Überlegungen gerissen.

Joseph wird unruhig! dachte Isaak. Es ist schon bald dunkel, und er will aufwachen. Wer wird ihm heute abend den Befehl in den Brustbeutel stecken? Isaak suchte auf dem Tisch herum. Wo verwahrte der Rabbi tagsüber diesen Zettel? – Ah, da war er ja!

Soll etwa ich es heute tun? Ein Blick auf den Himmel sagte ihm, daß es bald geschehen mußte. Wo blieb nur Jakob so lang? Wurde er irgendwo aufgehalten? Hatte er den Golem vergessen? War er beim Auslegen eines Spruches so in Feuer geraten, daß er nicht merkte, daß es Abend wurde?

Isaak durchfuhr ein freudiger Schrecken: Ja, heute werde ich den Wächter wecken! Heute will ich sein Meister sein!

Der Zettel brannte in seiner Hand. Vorsichtig schlich er die Stiege hinab. In der Dunkelheit des Treppenhauses tastete er nach dem Beutel an Josephs Hals und steckte den Zettel hinein. Vorsorglich öffnete er die Tür. Von der Gasse her fiel die letzte Helligkeit herein.

Der Golem gähnte. Er hob seine klobigen Arme und reckte sich, so gut es unter der Stiege ging. Dann streckte er seine steifen Beine von sich, rieb sich die Augen aus und schaute Isaak verwundert an.

Isaak pochte das Herz. Hatte er es richtig gemacht? Würde Joseph auch ihm gehorchen?

Der Wächter erhob sich rumpelnd. Dann tappte er zur Tür hinaus. Er tat es so, wie er es immer tat. Und doch meinte Isaak, es wäre gut, wenn er eine Zeitlang hinter ihm hergehen würde. Er wollte sicher sein, daß es mit dem Wächter seine Richtigkeit hatte. Rasch zog er die Haustür hinter sich zu.

Joseph lief mit großen Schritten durch die Gasse davon, und Isaak hatte Mühe, ihm zu folgen. Die Handwerker, die jetzt Feierabend hatten, riefen einander zu: »Schaut, der Golem ist aufgewacht! Wie furchterregend er aussieht mit seinen grünen Augen! Ja, paß nur gut auf, Josephel, daß uns keiner was einbrockt!«

»Was, Gevatter Schmied, so einen Gesellen könntest du gut brauchen!«

»Lieber nicht!« rief der Schmied zurück, »der würde mir das Hufeisen mitsamt dem Amboß zerschlagen!«

Bald war es ganz dunkel geworden. Isaak war atemlos hinter Joseph hergerannt. Zuerst zur Moldau hinunter, dann an ihrem Ufer entlang nach Südwesten, dann entlang dem Graben nach Süden und wieder nach Norden hinauf. Als Isaak so hinter dem Wächter die ganze Judenstadt einmal umrundet hatte, waren seine Kräfte erschöpft. Joseph war immer schneller und schneller gelaufen, als wolle er überall zu gleicher Zeit sein. Wenige Leute waren auf den Straßen gewesen. Aber die, die ihn in der Dunkelheit auf sich hatten zukommen sehen, waren schreiend geflohen.

Jetzt weiß ich, daß er es richtig macht, dachte Isaak. Nun kann ich getrost nach Hause gehen.

Isaak wachte auf, als Joseph rumpelnd und polternd nach Hause kam. Eine Ziege meckerte. Als das Meckern und Poltern nicht enden wollte, begriff Isaak, daß Joseph versuchte, die Ziege über die Stiege heraufzubringen. War doch etwas schiefgegangen?

Er sprang aus dem Bett, warf seine Kleider über und lief hinaus. Er riß dem Wächter den Befehl aus dem Beutel. Sofort ließ Joseph die Ziege los, tappte die Stiege hinunter und legte sich in seiner Ecke zurecht; das Haus wurde von seinem Schnarchen erfüllt.

Isaak wußte nicht, was er mit dieser Ziege anfangen sollte. Wem gehörte sie? Warum hatte Joseph sie hierhergebracht? War sie ihm zugelaufen? Auch Jakob, der kurz darauf kam, konnte sich nicht denken, was Joseph mit der Ziege gewollt hatte. Sie versuchten, ihn wieder aufzuwecken, aber er schlief so fest, daß es ihnen nicht gelang. Er hatte die ganze Nacht gewacht, wie es seine Pflicht war. Jetzt schlief er, das war sein Recht.

Wäre nur der Rabbi da!

»Wir müssen warten, bis es wieder Nacht wird. Vorher wacht er nicht auf. – Gehst du mit in die Jeschiwe?«

Isaak schüttelte den Kopf. Er hielt immer noch die Ziege am Strick. Am besten war es wohl, wenn er sie neben die Ziege des Rabbi in den Stall stellte. Sulamith könnte sie dann melken.

Zum erstenmal, seit er hier im Haus des Rabbi war, klopfte er an die Küchentür. Die Frauen mußten das Meckern und das Poltern gehört haben. Sie waren nicht neugierig aus der Küche gelaufen. Sie hielten sich an den Brauch und zeigten damit ihre Wohlerzogenheit: Alles, was den Wächter betraf, war Sache der Männer. Sie wollten sich nicht unbefugt einmischen.

Jetzt öffneten sie die Tür. Die Rebbezin war klein und schmal, und ihre Hände, die nach dem Seil griffen, waren wie Vogelfüßchen. Sulamith war größer als die Großmutter. Ihr krauses Haar schimmerte im Gegenlicht wie Kupfer. Isaak dachte daran, daß dieses Haar ihr bald nicht mehr gehören würde. Bald würde man es scheren, wie man es bei der Hochzeit allen Frauen tat. Dann würde man ihr Haupt mit einer Perücke bedecken, mit einem künstlichen Scheitel.

Sulamith nahm der Großmutter die Ziege ab und brachte sie in den Stall. Unschlüssig stand Isaak vor der Küchentür.

»Wenn der Rabbi kommt«, sagte die Rebbezin freundlich, »wird sich alles klären. Mach dir keine Sorgen, Isaak.« Dann ging sie in die Küche zurück.

Der Golem schlief fest in seinem Winkel. Hatte er sich etwas dabei gedacht, als er die Ziege brachte? Konnte dieser Wächter überhaupt denken? War er vielleicht doch so etwas wie ein Mensch?

Isaak stöhnte. Immer gab es Fragen, auf die er keine Antwort wußte.

Das verkrüppelte Mädchen

Wieder zog es Isaak zur Hofeinfahrt. Langsam trottete er durch die Gasse. Es war, als hätten die Händler und Handwerker bereits auf ihn gewartet. Er gehörte schon zum Straßenbild. Der Trödler, der auf einem Hocker hinter seinem Schautisch saß, rief ihm ein freundliches Wort zu und wünschte ihm ganz aus Gewohnheit gute Geschäfte. Der Perückenmacher, der immer hinter dem geschlossenen Fenster arbeiten mußte, nickte Isaak grüßend über den Rand seiner Brille zu. Der Salbenkoch nahm den Löffel aus dem dampfenden Topf und bot Isaak eine selbstgedrehte Pille an. Der Schmied richtete sich ächzend auf, hielt sich mit der einen Hand das Kreuz und hob den Hammer zum Gruß. Isaak wurde es warm ums Herz. Er fühlte sich hier daheim.

Das verkrüppelte Mädchen stand vor der Tür des Goldschmieds. Als Isaak vorüberging, rührte es sich nicht. Aber es folgte ihm schweigend mit den Augen.

Isaak sah es ruhig an. Dann schaute er wieder geradeaus. Er zweigte in die rechte Seitengasse ab, weiter unten nahm er die linke. Und fast war er schon bei der Hofeinfahrt angekommen, als ihm bewußt wurde, daß er noch immer ihre dunklen Augen vor sich sah.

Die große Trauer! sagte er zu sich und hatte doch sagen wollen: Die großen Augen. In diesem Alter wurden die Mädchen sonst verheiratet.

Er spähte in den Hof hinein. Der Wagen war weg. Die Fensterläden des Hauses, vor dem er aufgebockt gestanden hatte, waren geschlossen. Das hatte Isaak nicht erwartet. Einen Augenblick war er unschlüssig, ob er in einem dieser Häuser nach dem Namen der Leute fragen sollte, denen der Wagen gehörte. Aber wie sollte er sich verständlich machen? Schreiben und lesen konnten diese Leute ganz sicher nicht. Wo war der Wagen hingebracht worden? Wo war die Frau? Eine Weile schaute Isaak den spielenden Kindern zu.

Es war noch gar nicht so lang her, daß auch er mit seinen Freunden gespielt hatte. Aber es war ihm, als seien seither viele Jahre vergangen.

Als Isaak in die Judenstadt einbog, sah er Abraham Chajim vor sich, der einen Karren voll alter Kleider heimwärts schob. War der Schammes Kleiderhändler? Müde beugte er sich über den Schiebestock des Wagens. Sicher hatte er den ganzen Vormittag über dort drüben in den Stadtteilen der Gojim gefeilscht und gekauft. Die Kleider, die man dort ablegte, würden im Armenviertel noch durch viele Hände gehen, ehe sie reif wurden für den Lumpensack. Abraham Chajim konnte mit ihnen noch manches Geschäft zuwege bringen.

Von fern sah Isaak das verkrüppelte Mädchen noch immer auf den Stufen der Goldschmiede stehen. Als es Abraham Chajim mit seinem Karren kommen sah, erhellte sich das traurige Gesicht, und die großen Augen leuchteten auf. Hastig stakste das Mädchen ihm mit seinem Lattengestell entgegen. Abraham Chajim stellte den Handkarren ab und umarmte es.

Isaak war vor Überraschung stehengeblieben.

Sie ist seine Tochter! Sie ist wahrhaftig seine Tochter! sagte er zu sich. Er sah, wie das Mädchen die Hand an den Wagen legte und dem Vater half. Gemeinsam schoben sie den Karren in den Durchgang hinunter, der wie ein schwarzes Loch unter dem Haus der Goldschmiede gähnte.

Als Isaak wenig später dort vorbeiging, verschwanden sie gerade in der Tür, die von diesem Durchgang aus in die Kellerwohnung führte.

Isaak starrte auf dieses dunkle Loch. Langsam begriff er, welchen Kummer Abraham Chajim beim Anblick seines Töchterchens haben mußte, das er doch liebte. Das Mitleid mit dem armen Vater kam mit Macht über ihn. Niemals würde er sein Kind verheiraten können und mußte einem Alter ohne Enkel entgegensehen. Jetzt verstand Isaak seine mürrische Art. Jetzt sah er, warum ihm die Lebensfreude genommen war. Traurig ging er nach Hause.

Wenn ich nur wüßte, dachte er, wie man ihnen helfen kann!

Wem gehört die Ziege?

Als er die Hand auf den Türklopfer legte, sah er vom anderen Ende der Gasse den Meister kommen. Bei jedem Schritt stützte er sich auf den Wanderstecken. Den Kopf hatte er tief geneigt. Isaak meinte, er schleppe sich mit letzter Kraft nach Hause. Zu den respektvollen Grüßen der Leute nickte er nur.

Isaak lief ihm entgegen. Mit den Augen sprach er den altehrwürdigen Gruß. Und der Rabbi, der verstand, was er sagen wollte, antwortete mit müder Stimme: »Alejchem Scholem. Ich hätte dich lieber doch mitnehmen sollen, Isaak, aber ich war zu stolz dazu.«

Isaak starrte auf den Boden. Also hatte der Rabbi keinen Erfolg beim Betteln gehabt. Ängstlich schaute er zu ihm hoch.

»Ich wollte sehen, was ich alleine wert bin in dieser Sache. Jetzt weiß ich es«, sagte er bitter, »aber das hilft dem armen Mädchen nicht. Ich habe nur an mich gedacht.«

Seufzend hängte er im Hausflur Hut und Mantel auf den Nagel. Er zog seine staubbedeckten Schuhe aus und schob sie in die Ecke. Dann ging er zu den Frauen.

Als Joseph am Abend erwachte, nahm der Rabbi ihn mit in die Bücherkammer hinauf.

»Setz dich auf den Boden, damit du nicht gebeugt vor mir stehen mußt. Die Zimmerdecke ist für dich viel zu niedrig.«

Jakob und Abraham Chajim kamen über die Stiege herauf. Sie setzten sich zu Isaak auf das Lager.

»Du bist ein guter Wächter, Joseph. Du hast mich nicht enttäuscht. Nun sag mir aber, woher du die Ziege hast. Ist sie vielleicht aus einem Stall entlaufen, und du hast sie eingefangen?«

Joseph schüttelte den Kopf.

»Hast du sie jemandem weggenommen? Einem Mann?«

Er nickte.

»Einem Juden?«

Nein.

»Also einem Goj. Hast du sie in einer gojischen Straße genommen?«

Empört schüttelte Joseph den Kopf.

»In der Judenstadt also?«

Der Golem wiegte den schweren Kopf hin und her.

»Wenn du sie weder bei den Gojim noch bei den Juden genommen hast, dann vielleicht auf der Grenze zwischen beiden?«

Joseph nickte heftig.

»Hat der Goj sie bei uns gestohlen?«

Nein.

»Wollte der Goj sie in die Judenstadt schmuggeln?«

Ja!

»Aha, dabei hast du ihn erwischt!«

Ja, ja, ja.

»Und als er dich sah«, fuhr der Rabbi aufmunternd fort, »da hat er es mit der Angst bekommen und ist weggelaufen. Und du hast die Ziege festgehalten. Stimmt's?«

Ganz vergnügt hatte Joseph zugehört. Jetzt verzog er seinen Mund zu einem breiten, stummen Lachen.

Isaak, Jakob und Abraham Chajim hatten mit angehaltenem Atem zugehört. Jetzt stimmten auch sie in das Gelächter ein. Aber bald wurde der Rabbi wieder ernst.

»Eigentlich haben wir keinen Grund zum Lachen«, sagte er. »Ihr wißt ja, was das heißt, wenn die Häscher eine gojische Ziege in einem Stall der Judenstadt finden. Ich hätte nur gerne gewußt, wem von uns sie den Diebstahl in die Schuhe schieben wollten. Den sollten wir nämlich warnen.«

Zu Joseph gewandt, sagte er freundlich:

»Ich sehe an dieser Sache, wie genau du dein Wächteramt nimmst. Darüber freue ich mich sehr. Du kannst jetzt mit deinem Rundgang beginnen, denn es wird schon dunkel.«

Sofort erhob sich der Wächter und schob sich tief gebückt zur Tür hinaus. Er polterte so furchtbar die Stiege hinab, daß Isaak Angst hatte, sie würde einbrechen. Jakob sagte:

»Er poltert aus lauter Freude über das Lob.«

Als Isaak abends allein auf seinem Lager war, dachte er darüber nach, was Jakob gesagt hatte: »Er poltert aus lauter Freude über das Lob.«

Wenn es wirklich so war, dann war dieses Wesen einem Menschen doch sehr ähnlich: es konnte sich freuen. Es konnte sich über ein Lob freuen, und das Lob bezog sich auf seinen Gehorsam dem Befehl des Rabbi gegenüber.

Früh am andern Morgen kam der Rabbi in die Bücherkammer herauf, wusch sich und verrichtete das Morgengebet. Dann zog er einen Bogen Papier aus dem Stapel und schrieb: »Ich schicke dem Richter Slava eine Ziege, die der Judenstadt zugelaufen ist. Sollte sich der Besitzer melden, bitte ich, ihm die Ziege zu übergeben. Ich wäre dem Richter Slava sehr dankbar, wenn er mir den Namen des Besitzers mitteilen würde.«

Der Rabbi reichte Isaak das Papier und gab ihm auch den Stock des Richters in die Hand.

»Du siehst an dem Schreiben und an dem Stock, wohin du mußt, Isaak. Sieh dich sorgfältig um unterwegs, damit du keinem Häscher in die Arme läufst. Es könnte nämlich sein, daß der Verlust dieser Ziege den Häschern bereits bekannt ist. Ich habe auf ihrem Fell ein Brandmal bemerkt, an dem sie kenntlich ist. Bring sie auf keinen Fall hierher zurück, sondern nötige den Diener des Richters, daß er sie behält. Laß dir auch den Stock nicht wegnehmen, sondern umwickel den silbernen Knauf mit einem Lappen, damit ihn keiner sieht.«

Isaak holte die Ziege aus dem Stall, und sie folgte ihm ohne Widerstreben durch die Gassen der Judenstadt. Als sie aber in die Stadtteile der Christen einbogen, in welchen die Straßen gepflastert waren, rutschte die Ziege bei jedem Schritt auf den glatten Kopfsteinen aus. Ängstlich blieb sie stehen, um im nächsten Augenblick einen Satz nach vorne zu machen, als habe sie einen unvermuteten Schlag erhalten. Wenn Fuhrwerke vorbeifuhren, sprang sie wie gehetzt auf die Seite, und Isaak hatte Not, auf den Beinen zu bleiben. Als er sie endlich bis auf die steinerne Brücke gebracht hatte, war er so in Schweiß gebadet, als habe er das schwerste Tagwerk vollbracht.

Der Durchgang des Brückentores wurde von einem Fuhrwerk verdunkelt, das von der Kleinseite herkam. Mitten auf dem Weg blieb die Ziege stehen und war nicht mehr von der Stelle zu bewegen.

Aber auch Isaak war wie gelähmt: Was da in die Dunkelheit des Brückentores eingefahren war, war der Planwagen, der in seinem Leben eine so schlimme Rolle gespielt hatte. Beide Kirchenräuber saßen auf dem Bock. Der Mann mit der Gesichtsnarbe hielt die Zügel.

Isaak bückte sich so tief über die bockende Ziege, daß sein Gesicht unter der breiten Krempe seines Hutes verborgen war. Ohne aufzuschauen, schob er die Ziege zur Seite, und der Wagen fuhr vorbei.

Während er nachher durch die schönen Straßen der Kleinseite zur Burgstiege ging, fiel es ihm ein, daß aus dem Innern des Geschirrwagens kein Stroh herausgeschaut hatte. Also war auch kein Geschirr geladen. Die

Frau war nicht im Wagen gewesen, das hatte Isaak gesehen. Vielleicht hatte sie doch nichts mit dem Raub zu tun. Wieder wünschte Isaak es sich von Herzen. Aber wo waren die Räuber mit dem Wagen gewesen? Hatten sie ihren Raub von einem Versteck in ein anderes gebracht? Oder hatten sie ihn nach und nach schon verkauft?

Die Ziege hüpfte von Stufe zu Stufe zum Daliborturm hinauf. Dort hielt Isaak an, bis sein Atem wieder gleichmäßig ging. Dann bog er in die Gasse ein, in der die kleinen Häuschen der Alchimisten aneinandergereiht waren. Von diesen Alchimisten munkelten die Leute, sie könnten Gold und den Stein der Weisen aus Asche, Quecksilber und Salpeter machen. Jakob hatte vor kurzem bei Tisch davon erzählt. Ob er und der Rabbi daran glaubten, wußte Isaak nicht. Sie hatten nur beide gesagt, es gebe Dinge zwischen Himmel und Erde, die unser Verstand nicht mehr oder noch nicht begreife. Der Kaiser unterstütze die Alchimisten.

»Ja ja«, hatte Abraham Chajim gesagt, »der Kaiser hofft auf Gold, von dem er immer zu wenig hat. Und außerdem ist er ein Spintisierer, so nennen ihn seine christlichen Untertanen. Sie sagen, er sollte lieber eine königliche Frau nehmen, damit er Kinder bekäme, denen er einst seine Krone vererben kann. Aber seine Liebe gelte nur der Zauberei.« Isaak zuckte zusammen. Aber der Rabbi hatte nur den Kopf hin und her gewiegt.

Die dicken Schornsteine auf den winzigen Häuschen der Alchimisten qualmten, und Isaak meinte, der Rauch rieche metallisch.

Vor der Burg waren unzählige Kutschen abgestellt. Nur wenige waren mit Pferden bespannt. Die meisten Gäule wurden drüben in den Ställen versorgt. Viele von den Kutschen trugen fremdländische Wappen. »Was, kleiner Jud«, rief ein Kutscher herablassend, »da staunst du, was für Herren in der Residenz des Christenkaisers zusammenkommen! Morgen gibt es ein Lanzenstechen dort drüben im Wladislaw-Saal! Auch ein Pferdeballett soll in dem Saal abgehalten werden. Da bleibt dir der Mund offen, he?«

Ein Pferdeballett! So etwas konnte sich Isaak nicht vorstellen. Bei den wandernden Gauklertruppen gab es wohl Kunstreiter – aber ein ganzes Pferdeballett? Daheim in der Judenstadt gab es Pferde, die ein Wägelchen zogen. Und die Gojim hatten Pferde zum Reiten. Aber ein Pferdeballett, das war doch eine Sache, die ganz und gar keinen Sinn hatte. Wie konnte man das vor dem Schöpfer rechtfertigen? Der Kaiser, der so etwas erlaubte, wurde Isaak immer fragwürdiger.

Als Isaak den Dom und die Bauhütte der Steinmetze hinter sich hatte, wandte er sich jenen reichen Häusern zu, von denen eines dem Richter gehörte.

Er nahm den glänzenden Klöppel in die Hand und zögerte einen Augenblick lang schüchtern, ehe er es wagte, ihn zu schlagen. Umständlich wickelte er den Lappen vom Silberknauf des Stockes und hielt das Erkennungszeichen zu dem Guckladen empor, der in die schwere Eichentür eingefügt war.

Ein Diener schaute heraus. Als er den Stock des Richters erkannt hatte, öffnete er die Tür, und Isaak reichte ihm den Brief des Rabbi.

Das Haus des Richters hatte zwei hintereinanderliegende Türen, zwischen denen ein kleiner viereckiger Flur lag. Erst hinter der zweiten Tür gelangte man ins Treppenhaus und in die Räume, in welchen Isaak damals mit dem Rabbi gewesen war. Der Diener deutete wortlos auf eine Bank, die seitlich an der Wand des Zwischenflurs stand.

»Hier kannst du warten«, sagte er, »aber ohne Ziege.«

Isaak band die Ziege außen am Haus an einen von den Eisenringen, die dort zum Anbinden der Reitpferde in die Mauer eingelassen waren. Dann reichte er dem Diener, der noch immer die Tür offenhielt, den Stock und den Brief des Rabbi.

»Da wird sich mein Herr aber freuen«, sagte der gehässig, »daß er endlich seinen langvermißten Stock wiederbekommt. Da dein Rabbi ihn gefunden hat, hätte er ihn schon viel eher abgeben können. So hätte sich das auf jeden Fall gehört.«

Isaak biß sich auf die Lippen. Sein Gesicht wurde rot vor Zorn. Was fiel diesem Diener ein! Er hatte ja gar keine Ahnung von dem, was dieser Stock bedeutete! Er wußte ja nichts davon, was mit dem Richter vor sich gegangen war, bevor er dem Rabbi diesen Stock geschenkt hatte!

Der Diener verschwand hinter der zweiten Tür. Im Hineingehen murmelte er etwas von einem stinkenden Judenbengel.

Isaak wartete lang in dem engen, dunklen Raum zwischen den beiden Türen. Ein rundes Fensterchen über der Außentür gab nur wenig Licht. Er konnte nicht glauben, daß es der Richter war, der ihn so lange warten ließ. Ungeduldig schweiften seine Blicke über die Schnitzereien der Innentür. Die Pfosten und der Türsturz waren mit Blattwerk und Trauben verziert.

Dann schaute er wieder nur vor sich hin oder zählte die Steine im Mosaik des Bodens. Manchmal hörte er die Ziege meckern. Sie hatte Hunger.

Endlich kam der Diener zurück. Ohne weiteres warf er den Stock, einen Brief und einen kleinen Beutel neben Isaak auf die Bank.

»Also scher dich weg jetzt! Und das Vieh dort draußen nimmst du gefälligst wieder mit. Mein Herr hat andere Dinge zu tun, als einer Ziege nachzulaufen.« Er schob Isaak aus der Tür und schlug sie zu.

Isaak stand auf der Straße. Was sollte er jetzt tun? Der Rabbi hatte ihm befohlen, die Ziege auf keinen Fall mehr nach Hause zu bringen. Hier konnte er sie nicht lassen. Hilfesuchend schaute sie zu ihm auf. Ihre Augen bettelten, und ihr Meckern klang so verzagt.

Isaak klemmte sich den Stock zwischen die Knie, um mit der freien Hand den Brief unterm Hemd zu verstauen. Was schrieb der Richter? Wußte der am Ende schon, wem die Ziege gehörte? Isaak faltete das Papier auseinander und las:

»Ich grüße den Rabbi Löw. Ein Geschirrhändler, der nahe beim Osttor wohnt, hat seine Ziege als verloren gemeldet. Er vermutet, daß sie in die Judenstadt gelaufen ist.«

Isaak fuhr mit der Hand zum Herz: Der Geschirrhändler vom Osttor! – Sollte er die Ziege etwa dorthin bringen? Sollte er sich einer so großen Gefahr aussetzen? Wie leicht konnten die Räuber ihn wiedererkennen!

Aber irgend etwas trieb Isaak, alle diese Bedenken zur Seite zu schieben. Irgendeine Neugier drängte ihn, zum Osttor zu gehen. Nur einen Blick wollte er in den Hof werfen. Die Ziege könnte er vom Tor aus einfach hineinjagen. Sie würde ihren Stall schon finden.

Er schob den Brief unters Hemd. Den kleinen Beutel, der prall von Geldstücken war, zwängte er in den Hosensack. Dann band er die Ziege los.

Am Daliborturm blieb Isaak eine Weile stehen. Er schaute zur Stadt hinunter. Die Moldau kam von Süden und umfloß die Altstadt nach Osten. Jenseits des Flusses, in der Biegung des Moldauknies, lag die Judenstadt. Von oben sah man ihre Ärmlichkeit. Auch wenn sie nicht stellenweise von Mauern eingefaßt gewesen wäre, hätte er sie an den engen Gassen, den niedrigen kleinen Häusern erkannt. Nur die Synagoge ragte mit ihrem steilen Faltdach über alle hinaus. Das Judenviertel sah aus wie ein wirrer Haufen von grauem Holz. Auf der Ostseite gab es einige wenige Häuser, die ebenso aussahen. Sie gehörten armen Gojim. Und dorthin wollte Isaak die Ziege jetzt führen. Sie hüpfte hinter ihm die Burgstiege hinunter, als freue sie sich auf ihren Stall.

Es war schon Mittagszeit, als Isaak zur Hofeinfahrt kam. Der Planwagen stand nicht im Hof. Die Fensterläden am Häuschen der Frau waren geschlossen. Was hatte das zu bedeuten? Wo war die Frau, und wo hatten die Kirchenräuber den Wagen hingebracht?

Isaak führte die Ziege über den Hof. Ein altes Weib kam aus einem von den Häusern. Es sah verwahrlost aus. Neugierig hastete es auf Isaak zu.

»Da ist ja die Ziege, die die Häfnerin so verzweifelt gesucht hat!« schrie es und riß Isaak das Seil aus der Hand. »Wie schade, daß die Häfnerin zu ihrer kranken Tante hat fahren müssen, sonst hätte sie dir einen Finderlohn gegeben! Auch von ihrem Liebsten kannst du keinen bekommen, denn er hat sie mit dem Wagen hingebracht.

Wo hast du die Ziege denn gefunden?« fragte sie lauernd, während sie die Stalltür aufstieß. »Was sage ich da: gestohlen wirst du sie haben, kleiner Jud! Hast wohl zwei Tage lang ihre Milch verkauft und dir damit ein Zugeld gemacht, was? Aber von jetzt an passe ich auf! Kein Auge wende ich von dem Tier! Das bin ich meiner Nachbarin schuldig – überhaupt jetzt, wo der andere Geschirrhändler aus Verzweiflung in ein Kloster gegangen ist, weil ihr Juden ihm die Frau ertränkt habt.« Sie kramte einen Schlüssel aus der Schürzentasche.

»Den da«, sagte sie stolz, »hat mir die Häfnerin anvertraut, und ich werde ihr Eigentum hüten, als sei es das meine.« Wichtigtuerisch verwahrte sie die Ziege in dem Stall, der zum Haus der Häfnerin gehörte.

Während Isaak nach Hause ging, dachte er:

Wenn nun Joseph jenem Mann die Ziege nicht abgenommen hätte, in wessen Stall wäre sie wohl am nächsten Morgen gefunden worden?

Ein Geschirrhändler, der nahe am Osttor wohnte, hat seine Ziege als verloren gemeldet, hatte der Richter geschrieben. Das hieß noch lange nicht, daß der Geschirrhändler sie in die Judenstadt hatte schmuggeln wollen. Und doch fragte sich Isaak, warum ihn alle Ereignisse, in die er verwickelt wurde, in die Nähe dieser Kirchenräuber führten.

Vielleicht sehe ich Zusammenhänge, wo gar keine sind, dachte er. Er schüttelte den Kopf und ging, über sich selbst verärgert, ins Haus.

Der Rabbi war nicht da. In der Bücherkammer nahm Isaak seine Aufzeichnungen aus dem Versteck, schnitzte den Federkiel neu und schrieb:

»Die Ziege, die Joseph nachts einem Mann abgenommen hat, gehört der Häfnerin. Ich habe sie in den Hof am Osttor zurückgebracht, weil der Diener des Richters sie nicht behalten wollte. Die Kirchenräuber habe ich vorher mit dem Planwagen von der Kleinseite her über die Brücke fahren sehen. Der Planwagen stand aber nicht im Hof, als ich mit der Ziege dorthin zurückkam. Eine alte Frau hat sie mir abgenommen. Sie sagt, die Häfnerin sei von ihrem Liebsten zu einer kranken Tante gebracht worden, und der andere Geschirrhändler sei in ein Kloster gegangen. Alles ist sehr sonderbar. Ich will mich nicht fürchten, auch dann nicht, wenn der Mann mit den kleinen Glatzen von der Alten erfährt, daß ein Judenjunge die Ziege gebracht hat.«

Kaum hatte Isaak die Aufzeichnungen wieder versteckt, hörte er den Rabbi mit Jakob kommen. Als der Rabbi Isaak in der Bücherkammer sah, fragte er: »Ist alles erledigt?« Noch einmal griff Isaak nach dem Federkiel und schrieb: »Ich habe die Ziege in den Hof gebracht, in dem die Häfnerin wohnt. Eine alte Frau hat sie in den Stall der Häfnerin gestellt. Der Diener des Richters wollte sie nicht behalten.«

Isaak zog den Brief des Richters aus dem Hemd und reichte ihn dem Rabbi über den Tisch. Er schälte auch das Beutelchen mit den Geldstücken aus dem Hosensack und stellte es vor den Rabbi hin.

»Behalt das nur!« sagte der Rabbi vergnügt. »Das ist für dich.«

Für mich?

»Hast du den Brief nicht gelesen, hier steht doch alles!«

Nein, Isaak hatte den Brief nicht ganz gelesen, so aufgeregt war er gewesen, als er erfahren hatte, daß die Ziege in jenen Hof gehörte. Weiter hatte ihn der Brief nicht interessiert. Jetzt aber las er:

»Gebt dem Jungen, dem ich meine Hilfe versagt habe, den Beutel mit Silberstücken. Vielleicht kann ich ihm damit einige kleine Wünsche erfüllen. Darüber wäre ich froh. Es ist mir bewußt, daß meine Schuld ihm gegenüber dadurch nicht geringer wird.
Stephan Slava, Richter«

In diesem Augenblick rief Sulamith zum Essen.

Der Golem hilft

Der Rabbi setzte das Kipl auf und benschte. Aber noch ehe er das Tischgebet beendet hatte, schlug draußen jemand an die Tür.

Der Rabbi warf einen sorgenvollen Blick in die Runde. Er stand auf, ging hinaus und rüttelte ungeduldig an dem Riegel, der den Guckladen verschloß. Verängstigt liefen die Rebbezin und Sulamith in den Alkoven.

»Mach auf, Rabbi!« schrie es von der Straße her.

»Was wollt ihr?«

»Was wir wollen, fragst du noch? – Die Ziege, die dein kleiner Halunke aus dem Stall einer armen Frau gestohlen hat.«

»Wer hat euch das gesagt?« fragte der Rabbi, ohne zu öffnen.

»Unser Hauptmann natürlich, wer denn sonst!«

»In meinem Haus gibt es keine Halunken und keine fremden Ziegen.«

Sie meinen mich! dachte Isaak. Er schluckte mit trockenem Mund. Hilfesuchend schaute er auf Jakob. Wußte auch der keinen Rat?

Jakob deutete aufs Fenster. Dort wollte er ihn hinauslassen, wenn es nötig war.

»Es ist deine Pflicht, Rabbi, daß du die Häscher der Stadt in dein Haus einläßt, wenn sie es dir befehlen.«

»Also befehlt es mir! Vorher will ich aber genau wissen, woher euer Hauptmann weiß, daß die vermißte Ziege in meinem Stall ist und nicht dort, wohin sie gehört!«

»Der Bruder des Hauptmanns«, hörte man nun die Stimme eines anderen Häschers sagen, »ist der Liebste der armen Frau. Wie soll er es dann nicht wissen? Ein Hauptmann weiß immer alles. Er hat es uns gestern gesagt, darum wird es heute wohl noch so sein. Und nun befehlen wir dir kraft unseres Amtes, daß du aufmachst, Rabbi.«

Der Liebste der Frau! Isaak horchte gespannt zur Tür.

»Gut, ich öffne unter der Bedingung, daß ihr unverzüglich durch den Flur in den Stall geht. Ihr kennt euch ja vom letztenmal recht gut in meinem Haus aus.« Der Rabbi öffnete die Tür.

Jakob warf Isaak einen Blick zu, der heißen sollte: Wie gut, daß die Ziege nicht mehr da ist!

Die Häscher polterten durch den Flur und machten sich im Stall zu schaffen.

»Es ist ein wenig dunkel hier«, hörte man die Stimme des Rabbi. »Aber hier an der Flanke könnt ihr mein Brandzeichen im Fell fühlen und daran sehen, daß diese Ziege mir gehört. Seid ihr jetzt zufrieden?«

»Wir wollen es dem Hauptmann sagen. Ob der zufrieden ist, wissen wir nicht. Es kann ja gut sein, daß die andere Ziege auch hier gewesen ist, und du hast sie schon verkauft, alter Jud.«

»Der stumme Bengel, den du bei dir hast, hat sie gestohlen!« rief der andere erneut. Die Stimmen der Häscher näherten sich wieder dem Flur.

»Wenn er im Haus ist, dann gib ihn uns nur gleich mit. Wir haben Mittel genug, die Wahrheit aus ihm herauszubringen.« Isaaks Hände und Füße wurden kalt. Was würde nun mit ihm geschehen?

Plötzlich erhob sich draußen ein Poltern und Getöse, daß alle erschrocken zur Tür hinsahen. Die Häscher schrien laut auf und stürzten auf die Straße. Heftig schlug die Haustür gegen die Wand.

Jakob und Isaak liefen in den Flur. Da stand Joseph hoch aufgerichtet neben der Stiege. Aber schon gähnte er wieder, ließ sich zusammensinken und kauerte bald schnarchend in seinem Winkel.

Die Häscher waren ein Stückweit die Gasse hinuntergelaufen. Nun blieben sie stehen und grölten atemlos zum Haus zurück: »Freu dich nicht zu früh, alter Jud, weil wir jetzt gehen! Wenn es uns gefällt, dann kommen wir mit zehn anderen zurück!«

Der Rabbi machte die Haustür zu.

»Zwei Dinge haben wir heute gelernt«, sagte er mit ruhiger Stimme, »erstens, daß man mit der Ziege *uns* in Verdacht bringen wollte, und zweitens, daß unser Joseph aus seinem Schlaf aufwacht, wenn einer aus diesem Haus in Gefahr ist. Ich bin darum sehr beruhigt.« Er setzte noch einmal das Kipl auf und sprach noch einmal den Segen. Während der Mahlzeit ließ er kein Gespräch über die Ziege und über die Häscher zu.

Isaaks Gedanken aber kreisten, während er kaute, unaufhörlich um das, was geschehen war, und endlich wurden ihm die Zusammenhänge klar. Es gab keinen Zweifel mehr für ihn:

Als der Mann mit dem Haarfraß die Schrift im Sand gelesen und von der Frau erfahren hatte, wer sie schrieb, mußte ihm klargeworden sein, daß Isaak den Wagen erkannt hatte. Damit wurde Isaak zu einer viel größeren Gefahr für die Räuber, als diese je vermutet hatten. Es gab für die Räuber nur eines, um sicher zu sein: Isaak endgültig zu vernichten.

Wie aber konnten sie seiner unter dem Schein des

Rechtes habhaft werden? Ganz einfach, indem sie ihm den Diebstahl der Ziege nachwiesen.

Die Ausführung dieses Planes war nicht schwer. Sie hatte der Hauptmann zu übernehmen, der also der Bruder des Mannes mit dem Haarfraß war.

Vielleicht hatte der Hauptmann einen Knecht mit der Ziege in die Judenstadt geschickt? Es wäre nicht schwierig gewesen, sie in den Stall des Rabbi zu schmuggeln. Der Stall hatte eine Tür nach draußen.

Waren die Kirchenräuber mit dem Wagen weggefahren, damit kein Verdacht auf sie fallen konnte? Und hatten sie den Wagen nicht mehr in den Hof zurückgestellt aus Angst, Isaak hätte den Standort schon verraten? Hatten sie die Frau aus der Stadt weggeholt unter dem Vorwand, sie müsse ihre Tante besuchen? Wo war aber der neue Standort des Wagens? War er irgendwo in der Stadt? Oder waren die Kirchenräuber gar nicht mehr in Prag? Wußten sie schon, daß die Ziege wieder in ihrem Stall stand, oder glaubten sie Isaak in der Gewalt des Hauptmanns?

Wenn sie noch in der Stadt waren, dann würden sie sehr bald wissen, daß der Hauptmann Isaak nicht in seine Gewalt bekommen hatte. Würden sie es dann nicht vorziehen, für eine Zeitlang aus der Stadt zu verschwinden? Das konnte Isaak nur recht sein. Dann brauchte er vorläufig keine Angst vor ihnen zu haben.

Isaak bezahlt den Hut

Als Isaak nach dem Essen in die Bücherkammer hinaufstieg, fiel sein Blick auf den Hut, den Abraham Chajim ihm geschenkt hatte. Er dachte an das Beutelchen mit den Silberstücken und daran, daß Abraham Chajim auf den Kleiderhandel angewiesen war. Er nahm zwei Silberstücke, setzte den Hut auf und lief aus dem Haus.

Dunkle Wolken eilten über den Himmel. Bald würde es regnen. Es fiel Isaak wieder auf, wie steil sich die Gasse hinunter zum Haus des Goldschmieds neigte. Wenn es regnete, sprang das Wasser wohl in Bächen in diesen Durchgang hinab und nahm Lehm und Unrat von der Straße mit hinunter. Ob das Mädchen den Hof dann reinigen mußte?

Isaak klopfte an die niedrige Tür, und gleich darauf näherten sich Abraham Chajims schleppende Schritte. Verwundert schaute er Isaak an. »Hat der Rabbi dich geschickt?«

Isaak verneinte. Er nahm den Hut vom Kopf, deutete darauf und zeigte die beiden Silberstücke vor.

Abraham Chajims Augen leuchteten auf.

»Komm herein!« befahl er, ohne das Geld anzurühren. Er schlurfte Isaak voran in die dunkle Stube. Von der Küche her hörte Isaak Geräusche. Er lauschte gespannt. Die Schritte, die das Töpferücken begleiteten, waren ungleich. Abraham Chajim sagte: »Mancher wird durch Zufall reich.« Mißtrauisch schaute er auf Isaaks Hand, die noch immer die Silberstücke offen hinhielt.

»Wo hast du es her, das viele Geld?«

Isaak sah sich um. Wie konnte er diese Frage beantworten? Er nahm Abraham Chajims Wanderstecken, der in der Ecke lehnte, tat so, als haue er ihn in der Länge von Richter Slavas Stock durch, und deutete einen Knauf an.

Abraham Chajim, der vom Rabbi gelernt hatte, Isaaks Zeichensprache zu lesen, sagte:

»Du zeigst mir den Stock des Richters?«

Und als Isaak zustimmte, fragte er:

»Hast du das Geld vom Richter bekommen?«

Isaak machte Abraham Chajim klar, daß er nicht nur diese beiden, sondern ein ganzes Beutelchen voller Silberstücke bekommen hatte.

»Dann gib her!« rief Abraham Chajim vergnügt. Erwartungsvoll rieb er sich die Hände. »Ich bin ein armer Kleiderhändler und Schammes, und du weißt ja, daß das Schulklopperamt so gut wie gar nichts einbringt.«

Isaak nickte wichtig und hatte Mühe, nicht zu lachen. Er gab dem Schammes die beiden Silberstücke, und dieser ließ sie so schnell in seinen Sack verschwinden, daß Isaak meinte, jetzt habe er einem Taschenspielerstückchen zugeschaut.

»Nun also«, sagte Abraham Chajim zufrieden, »du hast den Hut bezahlt und bist noch immer ein reicher Mann. –

Kannst du mir helfen, den Wagen auf die Gasse hinaufzuschieben? Ich muß meine Runde machen, und wenn du nichts anderes zu tun hast, könntest du mich begleiten.«

Belustigt schaute ihn Isaak an. Ja, er würde ihn begleiten.

Abraham Chajim zog den Mantel über, dann rief er zur Küche hin:

»Wir gehen jetzt, Tamar. Isaak hilft mir, den Wagen zu schieben.«

Das Mädchen gab keine Antwort.

Zu zweit schoben sie den Wagen zur Straße hinauf. Isaak deutete auf die schwarzen Wolken und dann auf die schmutzige Straße und auf den Durchlaß.

»Das wird jetzt alles anders«, sagte Abraham Chajim, der ihn gleich verstanden hatte. »Unser Gemeindevorsteher, der keine Kinder hat, denen er seinen Reichtum vererben könnte, läßt die Gassen unserer Judenstadt pflastern.«

Verwundert hob Isaak die Brauen. Das mußte ein sehr wohlhabender Gabbe sein!

Mit aller Kraft drückte Isaak gegen den Wagen. Abraham Chajim, dem es leicht wurde, lächelte befriedigt in seinen roten Bart:

Ein Glückstag war heute! Zuerst bekam er zwei Silberbatzen für einen alten Hut und dann noch einen Helfer, der kostenlos seinen Wagen schob! Heute glich diese elende Welt wahrhaftig dem Granatapfelgarten, dem Paradies! Der Alte der Tage – sein Name sei geheiligt – hatte ihm diesen prächtigen Jungen geschickt. Es wäre Undankbarkeit und Sünde, dachte er, wenn ich heute, wo ich einen Helfer habe, nicht meine große Runde machen würde.

»Wir fahren moldauaufwärts zum Kloster der grauen Brüder!«

»Ei, Abraham Chajim! Hast du heute einen Gaul?

Vergiß nur nicht, ihm Heu vorzuschütten, dem Losche!« rief ein Mann vom Fenster eines Hauses herab. Abraham Chajim nahm den Weg zur Moldau hinunter. Dann gingen sie moldauaufwärts auf der Uferstraße weiter. Eine Stunde lang bückten sie sich schiebend hinter dem Wagen. Zuerst sprach Abraham Chajim nicht viel: »Der Fluß ist dunkel, das Wetter braucht nicht so zu bleiben.« Dann schwieg er ganz. Aber als eine gute halbe Stunde vergangen war, fing er an, mit sich selbst zu reden. Er sprach die Sprüche vor sich hin, welche die Männer zueinander sagten, wenn sie sich am Feierabend zum Sod am Brunnen zusammenfanden. Es war ein altes Frage- und Antwortspiel. Abraham Chajim war wohl gewohnt, es auf seinen Runden mit sich selbst zu spielen. Jetzt aber fiel ihm ein, daß er ja heute nicht alleine war. Er sagte laut:

»Drei Dinge sind nicht vorherzusehen«, aufmunternd schaute er Isaak an. Kannte der Junge den zweiten Teil des Spruches?

Isaak nickte ihm lachend zu. Er wußte die Antwort wohl, und gern hätte er sie ihm gesagt.

Abraham Chajim sprach an seiner Stelle:

»Diese drei sind: der Weg des Adlers am Himmel, der Weg der Schlange auf dem Felsen und der Weg eines Nachens auf hoher See.«

Das war die richtige Antwort.

Nach einer Weile fing Abraham Chajim wieder an:

»Ein Hund läuft zurück zu dem, was er ausgespien hat.«

Und ein Dummer, dachte Isaak den Spruch zu Ende, der kehrt zu seinen Torheiten zurück.

»Die Tür dreht sich in der Angel«, sagte Abraham Chajim und lauerte zu Isaak hinüber. Aber auch diesmal nickte der zum Zeichen, daß er die Antwort wußte:

Und ein Fauler dreht sich im Bett.

»Die Schenkel des Lahmen baumeln –« fuhr Abraham Chajim fort – wie die Sprache im Mund eines Toren, ergänzte Isaak in Gedanken.

Nach diesem Sprichwort schwiegen sie beide, denn sie waren traurig geworden. Isaak dachte an seinen Mund und Abraham Chajim an das lahme Bein seines Töchterchens. Schweigend schoben sie das letzte Stück Weges bis zum Kloster. Es lag einsam im Kreis von Wiesen und Stoppelfeldern hinter einer hohen Mauer.

Das Kloster

Das Kloster wurde in der dunstigen Ferne von einem wuchtigen Felsen überragt, der die Reste einer weitläufigen alten Burg trug.

»Du schaust auf den Wischehrad«, sagte Abraham Chajim und stellte den Karren ab. »Dort ist die ururalte Burg von Prag. Von ihr aus hat der erste Fürst von Böhmen sein Land regiert. Er war ein Bauer.«

Isaak kannte die Geschichte:

Die Fürstentochter Libussa, die vom Volk zur Herrin erwählt worden war, wollte nur einen Mann neben sich auf dem Thron dulden, der seine Mahlzeit auf einem eisernen Tisch zu essen gewohnt war. Darum schickte sie ihre Boten durch das ganze Land, um den zu suchen, der ihr Gemahl werden konnte.

Eines Tages trafen sie auf Przemysl, den Bauern.

Er hatte sein Feld gepflügt. Und nun aß er auf dem eisernen Blatt seines umgelegten Pfluges sein Brot. Da verneigten die Boten sich vor ihm als vor ihrem neuen Herrn, und Libussa nahm ihn zum Gemahl.

Abraham Chajim war auf das Klosterpförtchen zugegangen. Während er die Glocke zog, winkte er Isaak zu sich.

»Die Adelsleute aus der Umgebung«, sagte er leise zu Isaak, »geben den Mönchen ihre alten Kleider zum Verkaufen«, und dann senkte er seine Stimme zum Flüsterton herab: »Es ist immer ein gutes Geschäft für mich, weil die Mönche nichts vom Feilschen verstehen.« Seine Augen zogen sich schalkhaft zusammen. Er stieß Isaak mit dem Ellenbogen in die Seite.

Isaak lachte. Neugierig schaute er auf den Guckladen, in dem jetzt das Gesicht des Pförtners erschien.

»Ach, der Kleiderjud! – Hast du heute einen Knecht dabei?«

»Mach nur auf, Bruder!« näselte Abraham Chajim. »Oder willst du, daß wir immer kürzer werden, weil wir uns die Beine in den Bauch hineinstehen?«

Der Mönch schlug den Guckladen zu und eilte zum großen Tor. Ächzend schwang der riesige Torflügel nach innen. Und dann sah Isaak in den Hof.

Der Planwagen, den er unter Hunderten herausgefunden hätte, stand dort drinnen. Die Deichsel war hochgeklappt und ruhte auf einem Bock.

Isaak schaute sich um wie einer, der aus höchster Gefahr einen Fluchtweg sucht. Erst als er sah, daß der

Wagen leer war, daß keiner der Kirchenräuber unter der Plane saß, wurde er ruhiger.

Was tat dieser Wagen hier? Wo waren die Männer, die ihn hierhergestellt hatten? Hatten sie dem Kloster Geschirr gebracht? Nein, kein Stroh schaute über die Wagenwand heraus. Warum stand der Wagen nicht in jenem Hof am Osttor, wo er kürzlich gestanden hatte? Glaubte man, dort sei er nicht sicher? Warum mußte man diesen Wagen hinter einer Klostermauer verstecken? Was hatte es mit ihm für eine Bewandtnis?

Die Gedanken jagten einander in Isaaks Kopf. Immer wieder kehrten sie zu der Frage zurück: Was war nun anders mit diesem Wagen, daß er nicht mehr im Hof am Osttor stehenbleiben konnte?

Abraham Chajim war schon mitten im Handeln und Feilschen. Zwei Mönche hatten in Körben Berge von alten Kleidern hergebracht. Isaak zupfte einen von ihnen am Ärmel und versuchte, mit Blicken und Gesten aus ihm herauszubringen, wer diesen Wagen hierhergestellt hatte. Der Mönch verstand ihn nicht.

Abraham Chajim unterbrach für einen Augenblick das Feilschen und rief ungeduldig: »Wissen will er, wem dieser Wagen gehört!«

»Der Wagen? Ach so, der Wagen. Der gehört einem Häfner aus der Stadt. Er will uns einen Rosenkranz mit einem silbernen Kreuz geben, wenn wir den Wagen hier stehenlassen. Der stört uns ja nicht, und darum haben wir es erlaubt. So leicht verdient man sich keinen Rosenkranz mit einem silbernen Kreuz. Ich habe ihn gesehen; unten am Kreuz hängt eine schöne Perle.«

»Wie heißt denn der Mann?« fragte Abraham Chajim, der Isaaks Unrast bemerkt hatte.

»Seinen Namen kennen wir nicht. Wir nennen ihn den Häfner, weil er mit Geschirr handelt. Vielleicht hast du ihn schon mal gesehen; er hat eine Menge Glatzen auf dem Kopf. Er wohnt in der Nähe des Osttores, aber er hat keinen Platz, den Wagen dort abzustellen.« Keinen Platz! Isaak verzog böse den Mund. Er wußte, daß dies eine Lüge war.

Nun horchte auch Abraham Chajim auf: Ein Häfner am Osttor? Gehörte nicht die Ziege, die man in die Judenstadt hatte schmuggeln wollen, ebenfalls einem Häfner oder einer Häfnerin, die am Osttor wohnte? Er warf einen kurzen, fragenden Blick auf Isaak; Isaak nickte kaum merklich und schaute dann rasch zu Boden.

Als sie sich auf den Heimweg machten, hatte Abraham Chajim den Planwagen ganz vergessen. Zufrieden summend schob er neben Isaak den Karren. Für ihn war die Welt heute in Ordnung: Er hatte ein gutes Geschäft gemacht. In Gedanken überschlug er den Ertrag, den er aus den eingehandelten Kleidern gewinnen würde. Die Kleider der adeligen Gojim waren im Armenviertel am Osttor besonders gefragt. Hier und dort hatten sie goldbestickte Borten. Und wenn diese auch brüchig und erblindet waren, so sah man ihnen doch den einstigen Glanz noch an.

Abraham Chajim überließ Isaak mehr und mehr die Last des Schiebens. War er so in Gedanken versunken, fragte sich Isaak, daß er es nicht merkte? Oder wurde

Abraham Chajim einfach müde? Isaak betrachtete den schmächtigen Mann neben sich. Die Unterarme ragten weiß aus den Mantelärmeln. Sie waren sehr dünn. Mit einem Mal dachte Isaak:

Er müßte einen Schem für starke Muskeln haben! Ein wirkendes Wort, durch das er recht viel Kraft bekommen würde!

Aber dann schob er den Gedanken weit von sich. Irgend etwas in seinem Innern wehrte sich dagegen, daß ein anderer etwas bekommen sollte, was er selbst so nötig brauchen würde. Nachher, als sie in die Judenstadt einfuhren, erinnerte er sich an Tamars Bein, und der Gedanke, den er so weit von sich gewiesen hatte, kam wieder: auch Tamar brauchte ein wirkendes Wort für ein gesundes Bein. In der Gasse der Handwerker sah er, wie der Schmied sich ächzend aufrichtete, um ihm zum Gruß den Hammer hochzuheben. Ja, auch der Schmied hatte ein wirkendes Wort für einen neuen Rücken nötig. Und der Perückenmacher, der sich dort hinter dem Fenster so tief über seine Arbeit beugte, brauchte eines für bessere Augen.

Ruckartig blieb Isaak stehen: Die Zahnlosen brauchten eines für neue Zähne, die Haarlosen für neue Haare, die Gichtigen für gesunde Gelenke. Die, welche vom juckenden Sarahad unrein waren, brauchten eines für eine neue Haut. Und die, denen vom Aussatz die Zehen, Hände und Augenlider abgefault waren, brauchten eines für einen ganz und gar neuen Leib!

Die Leiden aber, dachte Isaak zum allerersten Mal, die Leiden kommen von Gott – sein Name sei geheiligt.

Warum sollte also ausgerechnet er, Isaak, vor allen

anderen einen heilenden Schem empfangen? So klar die Einsicht war, sie tat bitter weh. Isaak fand sich mit seiner Stummheit nicht ab. Um Abraham Chajim, der ihn aufmerksam anschaute, ein wenig anzudeuten, was er soeben gedacht hatte, hob Isaak hoffnungslos die Schultern, deutete auf seinen Mund und ließ den Kopf hängen. Abraham Chajim nickte. Er schaute betreten zur Seite. Er hatte sich mit der Verkrüppelung seiner Tochter auch noch nicht abgefunden.

Als sie den Wagen gemeinsam in den Durchlaß hinunterschieben wollten, sahen sie, daß gerade da ein Haufen von Pflastersteinen neben die Straße geworfen worden war. Geduldig umfuhren sie ihn und zwängten den Wagen an ihm vorbei, ohne sich zu ärgern. Es waren ja die Steine, die der Gemeindevorsteher Maisel zum Pflastern der Judenstadt gestiftet hatte.

»Diesen Glückstag«, sagte Abraham Chajim, »werde ich mein Lebtag nicht mehr vergessen.«

Als Isaak auf das Haus des Rabbi zuging, kamen von der anderen Seite der Rabbi und Jakob herbei. Jakob trug einen kleinen Deckelkorb am Arm, die Bettelzirne, mit der sie in der Judenstadt Almosen gesammelt hatten. Zu dritt traten sie ins Haus.

Die Rebbezin, die sie kommen gehört hatte, machte die Tür der Wohnstube auf und rief:

»In der Bücherkammer wartet Besuch!«

Der Pelzhändler saß auf einem Stuhl und schlief. Der Kopf war ihm zur Seite gefallen. Er hatte die Hände unter seinem kugelförmigen Bauch gefaltet und die Beine weit von sich gestreckt.

Leise sagte der Rabbi: »Er lächelt im Schlaf, weil er träumt, daß wir eine große Mitgift zusammengebettelt hätten.«

»Er kann, wenn er aufwacht, auch zufrieden sein«, sagte Jakob, ohne die Stimme zu senken.

Der Pelzhändler fuhr zusammen, als habe ihn eine Biene gestochen.

»Ich kann also zufrieden sein?« rief er sofort vollkommen wach. »Ich wußte es doch! Das war die beste Idee, die ich in meinem Leben hatte. Meine Frau hat mir ja abgeraten. Mann, hat sie gesagt, tu das nicht! Der Rabbi Löw hat Wichtigeres zu tun, als zu betteln. Er wird dich von seinem Golem zur Tür hinauswerfen lassen.

Weib, habe ich da gesagt, ich bin ein mutiger Mann, und der Rabbi ist weise. Wieviel hast du erbettelt, Rabbi?«

»Die Braut kann heiraten, Reb Jid. Nimm diese Gewißheit mit nach Hause. Die Mitgift wird der Brautvater zum Unterzeichnen der Ksibbe mitbringen.«

Das Gesicht des Pelzhändlers wurde lang und länger. Was, der Rabbi wollte ihm das Geld nicht gleich mitgeben? Böse schaute er ihn an. Als er aber merkte, daß der Rabbi festbleiben würde, verließ er gekränkt das Haus.

»Hast du ihm nicht getraut, Rabbi?« fragte Jakob verwundert.

»Doch, ich habe ihm getraut.« Der Rabbi schmunzelte verschmitzt. »Aber –«, er brach in lautes Lachen aus, »aber er hat noch vier andere Söhne, die sich vielleicht alle ihre Frauen aus den umliegenden Gemeinden holen wollen, und ich habe von dem einen Mal genug.«

Dann schickte der Rabbi Jakob mit dem erbettelten Geld zu Abraham Chajim, der das Weitere veranlassen konnte. Er selber ging zu den Frauen hinunter.

Als Isaak allein in der Bücherkammer zurückgeblieben war, nahm er seine Aufzeichnungen aus dem Versteck und las sie durch. Dann fügte er einige Sätze an:

»Als ich mit Abraham Chajim Kleiderkaufen fuhr, entdeckte ich den Planwagen im Kloster der Grauen Brüder. Vielleicht sind die Pferde im Stall des Klosters untergebracht. Ich habe nichts erfahren. Die Kirchenräuber habe ich nicht in der Nähe des Klosters gesehen. Ein Mönch sagte mir, der Planwagen gehöre dem Häfner vom Osttor. Ich selbst glaube, die Räuber haben den Kirchenraub im Kloster abgegeben und ihre Tat bereut!«

Während Isaak das Papier wieder verstaute, fragte er sich zum erstenmal, wieso er die Aufzeichnungen noch nie dem Rabbi gezeigt hatte. Er konnte sich diese Frage nicht beantworten.

Der Golem schaut nach der Ziege

»Es wird wohl nötig sein«, sagte der Rabbi am folgenden Abend, »daß wir im Stall der Häfnerin nachschauen, ob die Ziege wirklich an ihrem Ort steht. Vielleicht hat die alte Frau sie wieder aus irgendeinem Grund herausgeholt. Dann könnte es heißen, die Juden haben sie mitgenommen oder erst gar nicht gebracht.«

An diese Möglichkeit hatte Isaak noch nicht gedacht. Es wäre wohl besser gewesen, wenn er die Ziege vor dem Haus des Richters gelassen hätte. Aber noch jetzt tat sie ihm leid, wenn er daran dachte, wie sie auf dem Pflaster gestanden und hilfesuchend zu ihm aufgeschaut hatte. Dort hätte ihr niemand Futter vorgeworfen!

Joseph rumpelte unter der Treppe. Es war Zeit aufzuwachen. Die Sonne, die vor ein paar Augenblicken noch schräg in die Bücherkammer geschienen hatte, war hinter die Stadt gesunken und säumte die Türme und Giebel mit gelbrotem Schein.

Jakob nahm den Zettel vom Tisch, auf dem der Befehl ›Wache!‹ geschrieben war, und ging hinunter, um ihn dem Wächter in den kleinen Lederbeutel zu stecken, den er um den Hals trug. Joseph gähnte laut, reckte sich und polterte hinter Jakob her die Stiege herauf.

»Ich will mit dir sprechen«, sagte der Rabbi.

»Herr, rede, dein Diener hört.«

Der Golem kauerte sich vor dem Tisch auf den Boden. Die dumpfe Stimme, die aus seinem Rumpf getönt hatte, war wie aus weiter Ferne gekommen. Wieder hatten sich die Lippen des Golem nicht bewegt. Isaak hatte es genau gesehen.

Die Sprache ist bei ihm keine richtige Sprache, dachte er. Er ist also doch nicht ganz wie ein Mensch.

Worin lag aber der Unterschied? Man konnte den Satz doch durchaus verstehen, den er immer dann sprach, wenn er einen Befehl entgegennehmen sollte. Der Satz hatte doch einen rechten Sinn. Joseph setzte die Worte doch so, daß sie diesen Sinn ergaben! – Oder setzte er sie gar nicht selbst in dieser Reihenfolge? Hatte ihm der Rabbi diese Wortfolge so eingeprägt? Befand sich dieser Satz fix und fertig im Rumpf des Golem und kam nur heraus, wenn der Rabbi sagte: Ich will mit dir sprechen? Oder: Ich will dir einen Befehl geben? Hatte der Rabbi, als er ihn schuf, diesen Satz mit Hilfe des wirkenden Wortes als Ganzes in ihn hineingelegt? Konnte Joseph gar nicht denken und keine eigenen Sätze bilden?

Isaak dachte daran, daß Joseph den Stock des Richters gebracht hatte. Hatte er dabei auch nichts gedacht? In Gedanken wiederholte sich Isaak die ersten Worte, die der Rabbi auf der Insel zu dem Lehmmann gesprochen hatte:

Du bist geschaffen worden, damit du unser Volk vor allem Bösen behütest. Daß du die Grenzen der Judenstadt vor Eindringlingen schützt; daß du alle Feinde abschreckst und mir alles, was nicht in die Judenstadt gehört, anzeigst, seien es Dinge, Menschen, Tiere oder – Tote.

War dieser Befehl auch fix und fertig in dem Golem vorhanden?

»Würdest du die Ziege wiedererkennen, Joseph, die du vor einigen Tagen hierhergebracht hast?« fragte der Rabbi.

Joseph nickte bestimmt, und seine grünen Augen funkelten tatendurstig.

»Ich hatte dir befohlen, die Judenstadt mit keinem Schritt zu verlassen.«

Joseph schaute den Rabbi fragend an. Sein Gesicht bekam etwas Vorwurfvolles.

»Aber ja doch!« rief der Rabbi belustigt, »ich weiß, daß du dich an den Befehl gehalten hast. Nun ist es aber nötig geworden, daß du die Grenzen der Judenstadt verläßt.

Am Osttor wohnt eine Häfnerin in einem Hof. Du sollst in ihrem Stall nachsehen, ob sich die Ziege, die du kennst, darin befindet.«

Isaak sprang auf. Bittend sah er den Rabbi an und legte dem Golem die Hand auf den Arm.

»Ich verstehe, daß du mitgehen willst«, sagte der Rabbi. Bevor er weitersprach, warf er einen forschenden Blick zum Fenster hinaus. Der Himmel hatte nur noch tief unten einen fahlen Schein. Von Osten her schob sich violette Dunkelheit auf ihn zu.

»Aber ich möchte«, fuhr er fort, »daß du zu Hause bleibst.« Enttäuscht zog Isaak seine Hand von Joseph zurück.

Als Joseph am nächsten Morgen von seiner Nachtwache nach Hause kam, erfragte der Rabbi unschwer von ihm, daß die Ziege im Stall der Häfnerin stand und wohlversorgt war, wie es sich gehörte.

Die Geschichte vom armen Tagelöhner

Den ganzen Tag saß Isaak über den Fragen, die der Rabbi ihm gestellt hatte. Er war zerstreut und konnte sich nicht sammeln. Immer wieder schaute er zum Fenster hinaus, wo der Herbsthimmel blau und klar war und die Sonne schien. Hie und da wirbelte ein buntes

Blatt vorbei. Erst gegen Abend zogen Wolken auf, und es dunkelte rasch. Isaak ging hinaus, um Luft zu schöpfen.

Als er am Haus des Goldschmieds vorbeikam, sah er, daß Abraham Chajim Licht angezündet hatte. War Tamar in der Stube? Isaak beugte sich zum Fenster hinab. Er dachte nicht daran, daß er etwas Unschickliches tat. Erst als er Tamar wirklich dort drunten ihrem Vater gegenübersitzen sah, wurde es ihm bewußt. Hastig richtete er sich auf. Sein Herz klopfte laut. Im Weitergehen blieb das Bild, das er gesehen hatte, vor seinen Augen stehen:

Abraham Chajim, der gebückt auf einem Hocker saß und Bast flocht, den er wohl in der Schüssel eingeweicht hatte, die zu seinen Füßen stand. Tamar hatte sich Bastzöpfe über die Schulter gelegt. Das Ende des einen war schon zu einer Schuhsohle zusammengenäht. Sie hielt die Nadel mit der eingefädelten Schnur hoch. Ihr Gesicht aber war dem Vater lauschend zugekehrt. Erzählte er ihr Geschichten?

Isaak war es, als habe ihm vor Jahrhunderten auch jemand Geschichten erzählt. Es war die Mutter gewesen, und er war noch sehr klein gewesen.

Eine ihrer Geschichten hatte er nicht vergessen. Vielleicht fiel sie ihm gerade jetzt ein, weil sie von einer Ziege handelte:

In Galizien gab es einst einen sehr weisen Rabbiner. Seine Gemeinde war so arm, daß keine Familie mehr besaß als ein Zimmer. Besonders schlimm war das für einen Tagelöhner mit sieben Kindern. Jammernd kam er zum Rabbi und flehte ihn an, ihm zu helfen.

Der Rabbi nahm den Armen mit in den Stall, band seine Ziege los und drückte ihm das Seil in die Hand.

»Nimm die Ziege mit nach Hause, Reb Jid«, sagte er, »und bind sie an den Bettpfosten. In acht Tagen bringst du sie wieder.«

Weinend zog der arme Jude die Ziege hinter sich her. Er hätte nie gewagt, dem Rabbi zu widersprechen.

»Frau«, sagte er schluchzend, »bind das Tier an den Bettpfosten. Es scheint Gottes Wille zu sein, gelobt sei er, daß wir immer unglücklicher werden.«

Die Ziege wurde ans Bett gebunden. Sie meckerte. Sie machte Schmutz. Sie stieß die Kinder. Die Kinder heulten. Die Ziege wollte fressen. Der Jude mit seiner Familie mußte Gras beschaffen. Das Gras flog in der Stube umher. Die Ziege stank. Sie nahm das letzte bißchen Platz für sich.

Am zweiten Tag lief der arme Mann zum Rabbi und klagte: »Es ist alles noch viel schlimmer als zuvor. Die Ziege hat uns keine Erleichterung gebracht.« Aber der Rabbi blieb hart. Die Ziege wolle er nicht vor dem Freitag bei sich sehen.

Ganz verzweifelt kam der Tagelöhner nach Hause zurück. Frau und Kinder schauten ihm schon hoffnungsvoll entgegen. Aber er schüttelte nur wortlos den Kopf.

Nach qualvollen Tagen kam der Freitag heran. Der Jude band den Strick vom Bettpfosten, zog die Ziege hinter sich aus dem Haus und brachte sie dem Rabbi zurück.

»Auch diesmal hat es nichts genützt, Rabbi«, sagte er. »Deine Ziege ist keine Wunderziege. Sie ist eine

Ziege wie alle anderen auch. Sie meckert, stinkt, macht Schmutz und will dauernd fressen. Ich hatte gehofft, daß du ein besseres Mittel weißt.«

Der Rabbi wiegte den Kopf hin und her und sagte nichts. Er brachte die Ziege in ihren Stall zurück und ließ den Juden gehen.

Schon von weitem sah der arme Mann, daß Frau und Kinder fröhlich lachend zum Fenster herausschauten. Und als er nahe herangekommen war, merkte er, daß sie sauber gewaschen und gekleidet waren. Und als er in die Stube trat, kam ihm die Stube so schön vor wie noch nie: Keine Ziege meckerte, keine machte Schmutz, keine stank und keine stieß die Kinder. Um den Tisch herum war erstaunlich viel Platz. Und er begriff, wie weise der Rat des Rabbi gewesen war. Zufrieden feierten sie miteinander den Sabbat.

Isaak lächelte versonnen. Eine Geschichte aus seiner Kindheit war in ihm lebendig geworden.

Die fehlende Zunge

Isaak saß wieder über die Fragen gebeugt, die der Rabbi ihm gestellt hatte, ehe er zum Betteln in die Dörfer gegangen war. Nun hatte er schon manche von ihnen gelöst. Es machte ihm große Freude, die kristallklaren Gedanken des Talmud nachzudenken. Von seinem fünften Geburtstag an war er nach und nach in sie eingeführt worden. Jeder Junge machte diesen Werdegang mit. Es kam Isaak sonderbar vor, daß die Gojim ihre Söhne nicht unterrichteten, so als seien sie

Mädchen. Bei den Gojim lernten nur die Kinder der Reichen Lesen und Schreiben, Latein, Religion und Himmelskunde; bei diesen aber Mädchen ebenso wie Jungen. Alles war bei ihnen verdreht. Die Heiligen Schriften waren doch nur für die Männer da! Es war undenkbar, daß ein jüdisches Mädchen die Thora las. Man mußte es einsperren, bis der Dybuk, von dem es besessen war, wieder von ihm ließ.

Isaak tauchte die Feder ein und unterstrich eine Antwort, die ihm besonders wichtig erschien. Dann warf er die Feder hin und verbarg sein Gesicht in den Händen. Mit Macht hatte ihn wieder die Verzweiflung überfallen, als er den Strich unter den Satz gezogen hatte. Nie, nie würde er ja erklären können, warum ihm gerade diese Antwort so wichtig war.

Er lief aus dem Haus und zur Moldau hinunter. Die Luft war klar und mild. Er setzte sich auf einen Balken, der am Ufer lag, und starrte vor sich hin.

Wäre er doch damals den Kirchenräubern nicht nachgeschlichen! Wäre er ganz einfach aus dem Versteck im Torbogen herausgekrochen und hätte sich seinen Kameraden gezeigt. Dann hätte er heute seine Zunge noch! Und er hätte noch viele Male mit ihnen gespielt. Dann könnte er eines Tages ein Talmud-Chacham sein und ein Bräutigam der Thora werden, wie Jakob einer war. Was nützte es ihm schon, daß der Rabbi ihn zum persönlichen Schüler erwählt hatte? Zum Erben seines Geistes?

Die Zunge wuchs ihm davon nicht wieder.

Erst als es dunkelte, ging Isaak heim. Er hatte den ganzen Tag nichts gegessen. Neben seinem Lager stand ein Teller voller Grütze. Vielleicht hatte Jakob an ihn gedacht? – Oder Sulamith?

Wenn er ehrlich war, wußte er, daß alle im Haus an ihn gedacht hatten. Aber er war nicht ehrlich. Zum Ehrlichsein war er zu traurig.

Er legte sich auf den Rücken und grübelte weiter. Darüber schlief er ein.

Isaak sah im Traum den Golem, der ihn mit seinen grünschillernden Augen rätselhaft ansah. Er öffnete langsam den Mund und streckte Isaak eine lange grüne Zunge heraus. Der Golem war nicht mehr gut in diesem Traum. Er verwandelte sich in einen Nephil, der ihn hämisch grinsend aufforderte, den Schem für die Zunge zu sprechen. Mit fremdartigen Lauten sprach er ihn ihm vor.

»Sprich es nur nach!« schmeichelte er, »dann will ich dir die Zunge wiedergeben, und du sollst ein berühmter Gelehrter werden! Ich will dir dein Leben lang dienen!«

Schweißgebadet wachte Isaak auf. Er setzte sich hoch und bewegte die Lippen wie zur Beschwörung:

Der Engel des Gerechten möge mich behüten!

Langsam wurde er ruhiger. Er legte den Kopf auf die hochgezogenen Knie und tat das, was der Vater ihn gelehrt hatte. Wie lange hatte er es doch versäumt:

Er löschte alles Denken aus und machte sein Herz bereit, die Stimme des Gerechten zu hören.

Als es tagte, hatte sich ein Satz in seinem Innern geformt.

Der Schem muß rein sein von Eigennutz.

Ja, so war es. Isaak nickte, als habe er diesen Satz

wirklich mit Ohren gehört. Nun erkannte er klar, daß es nur Eigennutz war, als er den Schem für eine neue Zunge begehrt hatte.

Ich habe nur an mich gedacht, sagte er zu sich. Der Rabbi aber hat an die Gemeinde gedacht, als er den Wächter für die Judenstadt erschuf.

Als der Rabbi am Morgen kam, sah er an Isaaks Augen, daß mit ihm etwas geschehen war. Er wusch sich, sprach sein Morgengebet und hängte die Twellen an die Wand. Dann sagte er:

»Komm, es ist an der Zeit, daß ich mit dir spreche.« Als Isaak nahe neben ihm saß, begann er:

»Ich will dir den Grund sagen, warum Joseph keine Zunge hat. Mit einem Schem kann man weder eine Zunge noch sonst einen Teil des menschlichen Körpers *erschaffen*. Das wäre Gotteslästerung. Ich sage es dir, damit du von nun an durch solche Gedanken nicht mehr schuldig wirst. Durch solch einen Schem kann man nur ein Gebilde, das aus den vier Elementen besteht, mit einem Geistwesen *verbinden* und es damit durchdringen. Weiter nichts. Ich denke, du verstehst diesen Unterschied.

Dieser Vorgang muß ungestört verlaufen und darf nicht von egoistischen Gedanken zunichte gemacht werden. Darum wählte ich für diese Arbeit die einsame Insel. Ich hoffte, dort ohne andere Einflüsse zu sein.

Als ich sah, daß ein Boot am Ufer fehlte und daß im anderen zwei Ruder bereitlagen, vermutete ich bereits, du könntest auf der Insel sein. Ich sah dich dort aber nicht. Aber als der Golem keine Zunge hatte, wußte ich genau, daß du in der Nähe sein mußtest. Die Zunge aus Lehm, welche die unbelebte Gestalt gehabt hatte, konnte von dem Geistwesen nicht durchdrungen werden und war im Mund zerfallen. Dein eigennütziges Begehren hat den Wächter seiner Zunge beraubt. Aber es hat mir auch den Stand deines Wissens geoffenbart. Du mußt einen weisen Vater haben!«

Isaak brach in Tränen aus. Der Schmerz über die verlorenen Eltern übermannte ihn ganz.

Als er sich wieder so weit gefaßt hatte, daß er dem Rabbi klarmachen konnte, daß die Gojim sie erschlagen hatten, sah ihm der Rabbi ernst und ruhig in die Augen.

»Deine Eltern sind Märtyrer«, sagte er bewegt, »al kiddusch haschem: um der Heiligung des Namens willen.« Dann ließ er Isaak allein.

Isaak aber wußte nun, daß der Rabbi ein Vollendeter war, dem der Sohar sein streng verschlüsseltes Geheimnis preisgegeben hatte. Eines Tages, so hatte der Vater gesagt, stirbt ein Vollendeter am Duft einer Rose. Daran erkennt man, ob er wirklich einer war.

»Ich glaube«, sagte der Rabbi am nächsten Tag, »du solltest mir von allem, was mit dir vorgefallen ist, einen Bericht schreiben. Vielleicht erleichtert es dein Herz.«

Und Isaak fing an, seine Geschichte aufzuzeichnen. Er begann mit dem Tod der Eltern und machte einen Sprung zu dem Augenblick, als er von seinem Versteck aus die Kirchenräuber belauscht hatte. Den ganzen Tag brauchte er zu der Niederschrift. Einen Bogen nach dem anderen schrieb er voll. Zuletzt fügte er die Notizen bei, die er immer wieder gemacht und hinter seinem Lager verborgen hatte. Schließlich ließ er alle beschriebenen Blätter auf dem Tisch liegen und ging todmüde, aber wie von einer schweren Last befreit, ins Bett.

In der Nacht wachte er auf. Da sah er den Rabbi am Tisch sitzen und den Bericht mit Aufmerksamkeit lesen. Und wieder erschrak Isaak vor seinem Gesicht, das so müde und zerfurcht aussah. Er wandte kein Auge von ihm. Er fühlte, daß er den Rabbi liebte und daß er sich um ihn sorgte.

Und als der Rabbi zu ihm hinschaute, weil er seinen Blick gespürt hatte, da sprang Isaak vom Lager, griff noch einmal zur Feder und schrieb:

»Rabbi, ich fühle mich schuldig, dir und der Judenstadt gegenüber, weil durch meine Schuld der Wächter keine Zunge hat.«

Der Rabbi schaute ihm ernst in die Augen und nickte. Er sprach ihn nicht frei.

Als er fertiggelesen hatte, sagte er: »Wir sollten morgen mit diesen Aufzeichnungen zum Richter gehen.«

Der Bericht

Früh am Morgen schon hatten die Steinmetze vor der Synagoge angefangen, Schnüre über die Straße zu spannen, an welchen sie später die Pflastersteine ausrichten wollten. Viele Menschen waren aus ihren Häusern herbeigelaufen, um dieses Ereignis mitzuerleben. Als der Rabbi mit Isaak vorbeiging, grüßten sie fröhlich.

»Von nun an wird uns der Regen nicht mehr zwingen, den Kaftan zu lüpfen, wenn wir am Sabbat in die Schule gehen, Rabbi Löw!« rief ein kleiner alter Mann.

»Und im Sommer werden unsere Zehen nicht staubig werden, und wir können uns die Schuhe sparen«, sagte der Rabbi lachend. – »Komm, Isaak, wir müssen weiter!« Die Heiterkeit blieb auf seinem Gesicht, bis sie vor dem Haus des Richters auf dem Hradschin angekommen waren.

Der Diener, der Isaak das letztemal so lang hatte warten lassen, führte sie jetzt mit falscher Unterwürfigkeit in jenen Saal, den Isaak vom ersten Besuch her kannte. Isaak warf einen langen Blick auf den Vorhang, hinter dem er gesteckt hatte, als der Rabbi den Richter in die eigene Seele hatte schauen lassen. Er dachte auch an das Beutelchen mit den Silberstücken und nahm sich vor, sofern er sich würde verständlich machen können, dem Richter zu danken.

Die raschen, energischen Schritte kamen durch die Tür, und die Männer umarmten einander mit frohem Gesicht. Dann hielten sie einander freundschaftlich an der Hand. Mit bewegter Stimme sagte der Richter: »Rabbi Löw, die Schale des Überflusses beginnt seit einiger Zeit zu verschwinden. Sie ist schon ganz durchsichtig geworden. Vielleicht werde ich doch eines Tages würdig sein, ihr Geheimnis von dir zu erfahren.«

»Ich habe es nicht anders erwartet«, sagte der Rabbi und lächelte fein. Anerkennend nickte er dem Richter zu.

»Aber reden wir nicht von mir!« lenkte der Richter

ab. »Was führt dich her, und womit kann ich dir dienen?«

»Ich bitte dich«, sagte der Rabbi und reichte ihm die Papiere, »diese Aufzeichnungen, die Isaak niedergeschrieben hat, so rasch wie möglich zu lesen. Sie sind für dich so wichtig wie für uns.«

Richter Slava nahm die Papiere entgegen.

»Ich habe gleich nachher eine Audienz beim Kaiser. Anschließend will ich sie sofort lesen. Darf ich dich rufen lassen, wenn es mir nötig erscheint? Zum Beispiel, wenn ich zu irgendeiner Aussage des Jungen eine Erklärung brauche?«

»Ich bleibe den ganzen Tag zu Hause und stehe jederzeit für dich bereit.« Die Männer verabschiedeten sich herzlich. Dann reichte der Richter auch Isaak die Hand.

»Ich würde verstehen«, sagte er dazu, »wenn du sie nicht ergreifen wolltest, aber ich wäre sehr glücklich, wenn du es tätest.«

Groß und ernst schaute Isaak dem Richter in die Augen. Dann ergriff er seine Hand.

Der ertrunkene Mönch

Als sie die Stiege hinter sich hatten, bogen sie zwischen den prächtigen Häusern nach rechts und gelangten so zum Brückentor. Einen kurzen Augenblick dachte Isaak daran, wie er hier die Kirchenräuber auf dem Planwagen hatte hindurchfahren sehen. Die Frage drängte sich ihm wieder auf, ob sie den Raub wirklich im Kloster abgeliefert hatten. Aber dann schob er die Gedanken an die Räuber beiseite. Jetzt ging er neben dem Rabbi her und fühlte sich eins mit ihm. Er empfand es als ein großes Glück.

Ohne Eile schlenderten sie über die Brücke. Mit starken Hebeln und Flaschenzügen wurde ein Standbild neben der Brüstung zurechtgerückt. Man hatte es von der alten Brücke herübergebracht. Eine Weile sahen sie den Handwerkern zu.

»Die Stadt hat ein leeres Säckel«, rief einer von ihnen, »wenn es einst wieder geschwollen ist, soll die Brücke neue Standbilder bekommen!«

»Wann sollte es denn geschwollen sein, Freund?« rief ein anderer spottend. »Vielleicht am Jüngsten Tag?«

Der Rabbi schaute mit Isaak eine Weile auf den Fluß, wo die Floße geräuschlos unter die Brücke glitten. Auf der Uferstraße kam vom Moldauknie eine unruhige Menschenmenge herbei. Nahe unter der Brücke blieben die Leute stehen. Isaak hörte Fetzen von dem, was sie schrien:

»Da! Da! Mönch ertrunken! Den Juden wird man's geben!«

Auch der Rabbi hatte verstanden. Rasch lief er zum Ende der Brücke, um senkrecht von oben sehen zu können, was unten vor sich ging.

Sobald er einen Blick zum Ufer hinuntergeworfen hatte, sagte er: »Ich muß Joseph wecken!« Eilig zog er Isaak mit sich fort.

Auch Isaak hatte zu dem Menschenknäuel hinuntergeschaut. Erschrocken war er zurückgewichen: Der ertrunkene Mönch hatte eine Narbe von der Nasenwurzel über das Jochbein bis zum Ohr. Bläulich stand sie in dem wasserweiß aufgedunsenen Gesicht, das sich sonderbar von der nassen, grauen Kutte abhob. Sobald der Rabbi ein wenig langsamer ging, bedeutete ihm Isaak, wer der Ertrunkene war.

»Bist du sicher?« fragte der Rabbi kurz.

Isaak war sicher. Dieses Gesicht könnte er sein Lebtag mit keinem anderen verwechseln.

»Nimm den Stock und lauf zum Richter zurück! Ich kann dich nicht begleiten. Ich werde in der Judenstadt gebraucht. Schon längst sucht man wieder nach einem Grund, um unser Ghetto plündern zu können. Ich muß den Wächter wecken und unsere Leute warnen.« Der Rabbi eilte davon.

Isaak hielt den Stock vor sich und schaute dem Rabbi nach. Bald war sein schwarzer, flatternder Mantel zwischen den herbeieilenden Neugierigen verschwunden. Isaak stand allein. Er hatte das Gefühl, als dränge nun alles, was die Kirchenräuber betraf, unaufhaltsam zu einem furchtbaren Ende. Es war, als sei nun ein Rad angestoßen worden, das von allein weiterlief.

Er fuhr aus den Gedanken auf, wickelte das Sacktuch um den Knauf und eilte zum Haus des Richters zurück.

»Was, schon wieder?« schrie der Diener durch das Guckfenster, als er Isaak allein vor der Haustür stehen sah. »Der Richter ist nicht da. Der hat Wichtigeres zu tun, als sich mit Judenbengeln abzugeben. Der ist nämlich beim Kaiser! Du kannst ja versuchen, ob man dich dort vorläßt, hahahaha!«, und er schlug den Laden zu.

Isaak warf einen zornigen Blick auf den Laden und lief zur Burg. Vielleicht holte er den Richter noch ein. Das Gedränge der Adelskarossen war so dicht, daß er fürchten mußte, überfahren zu werden.

Gerade rechtzeitig rettete er sich vor zwei scheuenden Pferden, indem er auf den Dienertritt einer stehenden Kutsche sprang.

Von diesem erhöhten Standort aus konnte er den ganzen Platz überblicken. Er sah, wie der Richter soeben in Begleitung zweier Adelsherren die Burg betrat. Vorerst würde er also nicht zu erreichen sein.

Die Kutsche fuhr mit einem kräftigen Ruck an und beschleunigte ihre Fahrt mehr und mehr. Isaak klammerte sich an den Griff, der für den mitfahrenden Diener hinten an der Kutsche angebracht war. Er wagte nicht mehr abzuspringen. Das Fahrzeug rasselte die Serpentinen von der Burg hinunter ins Moldautal und nahm den Weg über die steinerne Brücke. Unten am Ufer waren nun so viele Menschen zusammengelaufen, daß der Mönch von oben nicht mehr zu sehen war. Sie schrien noch immer durcheinander und gestikulierten erregt.

Hinter der Brücke fuhr die Kutsche nach rechts. Immer mehr Neugierige kamen auf der Straße entgegen. Sie wollten alles mit Augen sehen, was das Gerücht ihnen zugeweht hatte. Auch kleine Kinder und humpelnde alte Leute waren unter ihnen. Sobald das Westtor passiert war, gab der Kutscher den Pferden die Peitsche.

Rechts und links von der Straße glitten Krautgärten vorüber, die bereits abgeerntet waren. Dann führte die Straße nahe am Ufer entlang, und bald flogen Stoppelfelder an Isaaks Blick vorbei.

Jetzt sind wir auf dem Weg, dachte er, der zum Kloster der Grauen Brüder führt. Vielleicht gehört die Kutsche einem von jenen Adeligen, deren Kleider Abraham Chajim von den Mönchen erhandelte.

Die ausgefahrene Straße warf die Kutsche gefährlich hin und her. Isaak brauchte alle Geschicklichkeit, um nicht vom Tritt zu fallen. Ängstlich klammerte er sich an dem Handgriff fest. Der Stock des Richters war ihm dabei sehr im Wege. Seine Hände wurden kalt und steif. Die Kutsche bog in den Weg ein, der zum Kloster und dann weiter nach Süden lief. Allmählich fielen die Pferde in den Trott zurück, wurden langsam und bogen an der Klostermauer nach links ab.

Isaak sprang vom Tritt. Er blieb auf der Straße stehen. Bald war die Kutsche hinter dem Kloster verschwunden. Und während Isaak noch so auf der Straße stand, fügte sich das, was er von der Brücke aus gesehen hatte, mit dem Anblick des Klosters in seinen Gedanken zusammen:

Der Mönch mit der Narbe war mit einer grauen Kutte bekleidet gewesen. Es war die Kutte der Grauen Brüder. Und hier war das Kloster, das den Grauen Brüdern gehörte, in dem der Geschirrwagen abgestellt war! Isaak glaubte nun fest, daß der Mönch mit der Gesichtsnarbe dem Kloster den Kirchenraub reumütig übergeben hatte. Auf diese Weise würde er seine Seele retten. Aber welche Rolle hatte dabei der Häfner gespielt? Tief in Gedanken blieb Isaak vor dem Tor stehen.

Nachdem er sich klargemacht hatte, daß der Ertrunkene zu diesem Kloster gehören mußte, sagte er sich, daß die Brüder dort drinnen von seinem Unglück noch nichts wissen konnten. Sollte er, Isaak, es ihnen sagen?

Nein, diesen Gedanken verwarf er rasch. Wie konnte sich denn ein Judenjunge in die Angelegenheiten eines christlichen Klosters mischen? Und wie hätte sich Isaak verständlich machen sollen?

Aber dann fiel ihm ein, daß Mönche lesen und schreiben können. Sein Blick fiel auf den Stock des Richters, den er noch immer krampfhaft in Händen hielt. Mit diesem Stock wollte er es wagen.

Isaak holte tief Atem. Er richtete sich gerade auf, und mit hochgehobenem Kopf ging er wie einer, der seiner Sache sicher ist, auf das Tor zu und zog stürmisch die Glocke.

Tappende Schritte nahten von innen. Der Guckladen wurde geöffnet, und der Pförtner, der Isaak damals mit Abraham Chajim eingelassen hatte, schaute heraus.

Er erkannte Isaak sofort.

»Ach, du bist es, stummes Judenbübel, was willst du denn?«

Isaak hielt ihm den silbernen Knauf des Stockes vor die Augen, auf dem der Name des Richters stand.

»Vom Richter kommst du?« fragte der Alte verwundert. »Aber doch gewiß nicht zu mir?«

Isaak schüttelte den Kopf. Er deutete über die Mauer auf das Klostergebäude.

»Das hab ich mir schon gedacht«, sagte der Pförtner. »Komm nur herein, ich bring dich zu unserm Abt. Wenn der Richter einen Judenjungen zu uns schickt, dann wird er uns schon etwas Besonderes zu sagen haben.«

Er eilte Isaak voraus über den Hof. Der Planwagen stand an seinem Platz. Es war, als ziehe dieser Wagen Isaak an den Haaren zu sich hin. Er mußte ihn von der Nähe sehen!

»Komm nur, komm!« rief der Alte freundlich, »wir müssen hier die Treppe hinauf.«

Oben war ein schmaler Flur, auf den etliche Türen mündeten, die sehr nahe nebeneinanderlagen. Eine von ihnen machte der Pförtner auf.

»Der stumme Junge unseres Kleiderjuden kommt«, sagte er in die Zelle hinein. »Der Richter Slava hat ihn geschickt. Er hat ihm seinen Stock als Zeichen mitgegeben, schau her, Bruder Abt!«

Der Mönch, der am Fenster gesessen hatte, war aufgestanden und auf Isaak zugegangen. Prüfend schaute er ihn an. Er nahm den Stock, den Isaak ihm reichte, las die Schrift und nickte. Während er Isaak den Stock zurückgab, sagte er: »Willst du die Nachricht, die der Richter uns schickt, hier niederschreiben, oder hat er dir einen Brief mitgegeben?«

Isaak schüttelte den Kopf. Keinen Brief.

»Sicher war er in Eile.«

Isaak nickte. Sehr in Eile!

Der Mönch ging zum Tisch und richtete ein Schreibzeug zurecht. Dann winkte er Isaak heran.

Isaak leckte die Feder ab und tauchte sie ein. Sein

Herz klopfte, seine Hand zitterte. Was würde geschehen, wenn jetzt in diesem Augenblick ein echter Bote des Richters kommen würde? Mit krausen Buchstaben schrieb er:

Euer Mönch mit der Narbe ist ertrunken.

Dann schaute er dem Abt ins Gesicht.

Der Abt sah betroffen hoch.

»Lies!« sagte er zum Pförtner. Und als der Pförtner gelesen hatte, fragte er ihn: »Kannst du das verstehen?«

»Nein. Der Bruder mit der Narbe war der einzige von uns, der schwimmen konnte. Ihr wißt es, Bruder Abt. Als der Fluß unsere Fischreuse losgerissen hat, ist er mitsamt seiner Kutte vom Kahn aus in die Moldau gesprungen, hat getaucht und die Reuse zurückgebracht. Es waren nur Weißfische drin.«

»Der Verstorbene war uns allen ein lieber Bruder«, sagte der Abt herzlich, »wenn er dem Kloster auch keinen roten Heller eingebracht hat. Er war arm, aber so geschickt, daß man ihn überall brauchen konnte. Der Herr gebe ihm die ewige Ruhe!« Der Abt bekreuzigte sich.

»Amen«, sagte der Pförtner und bekreuzigte sich auch.

»Ich will mich gleich zum Richter aufmachen. Du Bruder Pförtner läutest die Brüder zusammen, damit ihr in der Kapelle für den Verstorbenen beten könnt. Ich muß mir nur erst die festen Schuhe anziehen.«

Der Pförtner verließ die Zelle. Isaak lief hinter ihm hinaus und sprang die Treppe hinunter. Er hatte Angst, der Abt könnte auf den Gedanken kommen, sich von ihm zum Richter begleiten zu lassen. Oder aber er würde ihm den Stock vielleicht abnehmen, um ihn selbst zum Richter zurückzubringen.

Als Isaaks Blick von der Ausgangstür aus auf den Planwagen fiel, ertönte der erste Schlag des Glockenzeichens, mit dem der Pförtner die Brüder zur Andacht rief. Isaak zuckte zusammen. Rasch kletterte er in den Planwagen und legte sich flach auf die Bretter. Er hörte die eiligen Schritte des Abtes, der den Hof überquerte und das Kloster verließ. Gleich darauf kamen die Brüder und fragten und jammerten über den Unglücksfall. Endlich schloß sich die Kapellentür hinter ihnen, und ein undeutliches Gemurmel tönte zu Isaak heraus.

Isaak kauerte in dem Wagen, in dem sein Elend begonnen hatte. Er hielt sich mit beiden Händen den Kopf und dachte nach. Was hatte der Abt gesagt? – Der Bruder mit der Narbe hat keinen roten Heller ins Kloster mitgebracht!

Also hatte er den Schatz nicht zurückgegeben!

Wo war der Kirchenraub dann? Etwa doch im Haus der Häfnerin? Isaak schüttelte den Kopf. Nein, dort sicher nicht. Zu diesem Haus hatte die alte Nachbarin den Schlüssel. Dort konnte der Schatz nicht sein. Die Gefahr, daß sie ihn entdecken würde, war viel zu groß. Aber wo war er dann? Isaak wußte keine Antwort. Hatten die Räuber ihn bereits verschachert?

Und noch etwas wühlte in seinem Kopf: Der Mann mit der Narbe war ein guter Schwimmer! Auf welche Weise konnte er also ertrunken sein? – Oder war er gar nicht ertrunken? Isaak stockte der Atem. Er wollte diesen Gedanken nicht zu Ende denken. Er richtete sich auf und schaute aus dem Wagen hinaus. Die Sonne war bereits untergegangen. Man sah nur noch ein wenig Helligkeit am Himmel. Bald wird es dunkel, sagte Isaak zu sich, und ich habe mich hier selbst eingesperrt! Ich kann niemals allein diesen Hof verlassen, denn der Pförtner hat den Schlüssel im Sack. Daheim beim Rabbi werden sie sich um mich sorgen. Aber sie können den Golem nicht ausschicken, um mich zu suchen, weil sie ihn heute viel zu nötig brauchen, heute, wo die ganze Stadt wegen des ertrunkenen Mönchs in Aufregung ist.

Wegen des ertrunkenen Mönchs, der so gut schwimmen konnte!

Isaak nahm seinen ganzen Willen zusammen und dachte diese Sache zu Ende.

Der Raub

Mit einem Mal wurde er unruhig. Was war das für ein unerhörter Gedanke, der da in ihm aufblitzte? Er kroch und tastete in allen Ecken des Wagens herum. Er befühlte alle Weidenruten, die zum Spannen des Plandaches in den Seiten des Wagens steckten. Er befühlte den Zeltstoff Zoll um Zoll. Er klopfte mit dem Stock die Wände ab. Dann sprang er aus dem Wagen und kroch unter ihn. Er betastete die Achsen und die Gabel der Deichsel. Mit den flachen Händen strich er von unten über die Bodenbretter. Und dort fand er wahrhaftig, was er suchte!

Ein Lichtstreifen fiel aus der Kapellentür und beleuchtete Isaaks Beine. Es war ihm nicht aufgefallen, daß das Gemurmel in der Kapelle aufgehört hatte. Jetzt liefen die Brüder jammernd und klagend ins Haus. Keiner schaute zum Wagen hin. Der Pförtner schlurfte ahnungslos am Wagen vorbei zur Torstube, wo er die Rückkunft des Abtes erwartete.

Noch einmal faßte Isaak mit den Händen von unten die Bodenbretter an. Ja, hier! Hier war ein Kasten, der von unten an den Bodenbrettern befestigt war. Er war etwa zwei Ellen breit und drei Ellen lang. Wo war er nur zu öffnen? Isaak fand weder eine Ritze noch ein Schlüsselloch oder einen Riegel. Also mußte man den Kasten von oben öffnen können. Hastig kletterte er wieder in den Wagen. Da! Eines von den Bodenbrettern ließ sich heben. Er schob die Hand darunter. Sie fühlte Metallenes zwischen Stroh!

Langsam zog Isaak die Hand zurück. Er war mit einem Mal sterbensmüde. Hier war der Kirchenschatz, und er, Isaak, hatte vorhin der Länge nach darauf gelegen, ohne es zu wissen. Wie listig war es, einen Kirchenraub in einem Kloster in Sicherheit zu bringen! Und zur Bewachung war einer von den Räubern Mönch geworden! Aber jetzt gab es den nicht mehr.

Nein, diesen gab es nicht mehr. Es gab von den drei Dieben nur noch einen: den Mann mit dem Haarfraß. Er allein war jetzt der Besitzer des Raubes.

Isaak richtete sich auf. Er stützte die Stirn auf Richter Slavas Stock. Das Silber kühlte seine Haut. Er sagte zu sich:

Ich will ganz ruhig und folgerichtig denken: Da der Häfner nun der alleinige Besitzer ist, wird er so bald wie möglich kommen und den Schatz in ein anderes Versteck bringen. Er hat damit nur so lange Zeit, bis Richter Slava seinen, Isaaks, Bericht gelesen hat. Wenn der Richter dann erfahren wird, was dem Mönch mit der Narbe geschehen war, wird er sich alles Weitere zusammenreimen können. Dann wird er gewiß auf dem schnellsten Weg hierher ins Kloster kommen. Vielleicht wird er, wenn er meinen Bericht gelesen hat, den Abt empfangen. Isaak hoffte inständig, daß es bald geschehen möchte.

An der Pforte wurde geklopft. Rasche Schritte kamen in den Hof. Der Abt! dachte Isaak beglückt.

Er wollte sich ihm sogleich zu erkennen geben. Aber die Schritte gingen zum Stall, und eine Stimme, die er nicht verwechseln konnte, rief: »He, ihr Rösser, steht auf! Jetzt geht's auf die Reise!«

Der Häfner war da, der Mann mit den kleinen Glatzen. Eine Laterne strahlte auf. Eine Weile hörte Isaak Gepolter aus dem Stall; dann kam der Häfner mit den aufgezäumten Rossen zum Wagen.

Er drückte die Rosse an die Deichsel und schirrte sie an. Mit einem Satz sprang er auf den Bock, knallte mit der Peitsche, und die Pferde zogen an.

Hastig trippelte der Pförtner zum Tor. Aber bevor er öffnete, rief er aufgebracht: »Wo hast du den Rosenkranz, den wir von dir bekommen sollten? Hast du ihn vergessen?«

»Aber nein, wie sollte ich ihn vergessen haben?«

»Weil du ihn uns noch nicht gegeben hast, darum!«

»Da ist er doch!« rief der Häfner und warf dem Pförtner etwas zu.

Der Pförtner öffnete die knarrenden Torflügel, und lachend lenkte der Häfner hinaus.

Isaaks Gedanken überstürzten sich:

Wußte der Häfner, daß der Richter heute zur Audienz beim Kaiser war? Und wenn er es wußte, wer hatte es ihm gesagt? Gab es jemanden, der ihn über das Tun des Richters unterrichtete? War es sein Bruder, der Hauptmann der Häscher? Denn zufällig hatte er sich diesen Abend gewiß nicht zum Verschwinden gewählt: solang der Richter unerreichbar war, war er, der Häfner sicher.

Der Häfner hieb auf die Pferde ein, sobald sie ihren Trab verlangsamten. Knirschend mahlten die Wagenräder den Straßenstaub. Die Nacht war kühl und wurde langsam feucht. Die Stoppelfelder strömten ihren süßlichen Duft aus. Isaak saß unbeweglich in sich zusammengekrümmt.

Vielleicht kam der Richter mit dem Abt auf dem Weg entgegen? Dann müßte der Häfner langsam fahren und zur Seite ausweichen, um die Kutsche des Richters an sich vorbeizulassen. Das wäre die Gelegenheit, vom Wagen zu springen und den Richter anzuhalten! Ach, käme er doch! Das Fuhrwerk ratterte dem Westtor entgegen. Aber dann blieb es auf dem Uferweg und fuhr neben dem Wasser weiter unter den Brücken durch.

Die Hausdächer, die über die Mauer ragten, waren niedrig und klein. Das war die Judenstadt, die im Arm der Moldau schlief.

Ob Joseph mit seinen fliegenden Schritten vorüberkam? Würde Isaak sich ihm bemerkbar machen können?

Aber schon lag die Judenstadt hinter ihnen. Der Wagen fuhr auf der Uferstraße weiter und bog auch nicht zum Osttor ab. Wo wollte der Häfner hin? Würde Isaak die ganze Nacht im Hintergrund des Wagens sitzen und übernächtig wachbleiben? Bald mußten sie zu der Stelle kommen, die gegenüber jener Insel lag, auf der der Golem gemacht worden war.

Nun fuhr der Wagen langsamer. Der Häfner hieb nicht mehr so ungeduldig auf die Pferde ein. Fühlte er sich schon sicher, weil er die Stadt hinter sich hatte? »Brr!« rief er, und der Wagen hielt.

Der Häfner blieb eine Weile sinnend auf dem Bock. Nichts war zu hören außer dem flüsternden Streichen und Glucksen des Flusses. Endlich riß sich der Mann zusammen und sprang vom Wagen. Mit tastenden Schritten suchte er sich einen Weg zum Ufer.

Isaak begriff, daß ihn nichts mehr retten konnte, wenn er nicht auf der Stelle den Wagen verließ. Er streckte seine verkrampften Glieder aus, nahm den Stock des Richters quer zwischen die Zähne und schob sich aus dem Wagen. Kurz, aber laut stieß der Stock an die Wanten. Isaaks Herz klopfte zum Zerspringen. Er ließ sich in den Graben fallen und kroch vorsichtig in ihm fort. Dann blieb er lauschend liegen.

Vom Häfner hörte er nichts. Aber er meinte, dort, wo er ans Ufer gegangen war, müßten die Boote des Schäfers liegen.

Und dann sah er die Absicht des Häfners klar vor sich: Zur Insel wollte der Kirchenräuber fahren, seinen Raub verstecken, vielleicht sogar vergraben!

Jetzt hörte Isaak auch, wie er die Ruder aus den

Ästen des Baumes zog, und hörte ihr Klappern im Boot. Dann kam der Häfner zum Wagen zurück, sprang auf den Bock und stieg ins Innere hinein.

Ein Brett polterte, und Isaak hörte metallenes Klirren.

Jetzt holt er den Sack mit den kostbaren Gefäßen! dachte er und hielt den Atem an.

Mit schweren Schritten tappte der Häfner zur Böschung hin. Etwas rumpelte dumpf klirrend ins Boot. Der Bootskiel knirschte über die Kiesel. Dann das Poltern, als er ins Boot sprang, und Ruderschläge, die immer ferner klangen. Isaak lag im Graben und fror. Weit und breit war keine Menschenseele. Er fühlte sich verlassen und hatte Angst. Nebel sanken nieder. Es war eine ungute Zeit. Standen um diese Zeit nicht die Schreckgespenster auf, zum Beispiel die Nephilim, die von Fehlgeburten ausgingen und sich nachts dem Wanderer auf den Nacken setzten? Hörte man die Bösen nicht schon rascheln und sausen? Schwatzten sie nicht dort drüben am Fluß? Isaak kannte sie genau, die Schwarzen und die Haarigen und die Trockenen und die gefährliche Lilith! Alle hausten mit den Tiergeistern da, wo Fäulnis und Verfall war, wie am Rand der Gewässer. Und am Tag gab es den Stachel, der zur Mittagszeit umging und die Herzen lähmte!

Unwillig schüttelte Isaak die Schreckbilder ab.

Er setzte sich im Graben auf. Vor ihm zeichnete sich das Fuhrwerk dunkel gegen den nachtgrauen Himmel ab. Er nahm den Stock, kletterte auf die Straße und schlich zum Fuhrwerk hin. Die Rosse scharrten ungeduldig mit den Hufen.

Isaak prüfte die Zügel. Sie waren fest um den Zapfen am Wagen geknotet. Einen Augenblick war er versucht, den Knoten zu lösen, das Fuhrwerk zu wenden und mit ihm in die Stadt zurückzufahren. Er wollte nur so lange warten, bis der Häfner die Insel würde erreicht haben. Dann wollte er so schnell wie möglich zum Richter! Gewiß war dieser von der Audienz zurück.

Aber mutlos ließ er den Zügel wieder fallen.

Wenn heute der Hauptmann am Osttor Dienst tat, was dann? Er würde so tun, als habe Isaak den Wagen seines Bruders gestohlen und würde ihn wie einen Dieb behandeln. Mit seinem Leben wäre es aus!

Während Isaak so grübelte, kam von der Stadt her ein rasches gleichmäßiges Pochen. Isaak horchte auf. War das nicht Josephs fliegender Schritt? Oh wirklich! Jetzt erkannte er ihn genau! Alle Angst und Grübelei war vorbei.

Die Kutschfahrt

Isaak bedeutete Joseph, über den Fluß zu lauschen. Er hielt ihm den Finger auf den Mund, ließ ihn den Stock des Richters berühren und legte Josephs Hand auf den Zügelknoten.

Erst als Isaak dachte, nun sei der Häfner mit seiner Last schon ins Innere der Insel unterwegs, jetzt würde er also nicht mehr auf das Fuhrwerk achten können, ließ er Joseph los.

Der Golem hob Isaak in den Wagen, löste die Zügel

vom Zapfen und klatschte sie den ängstlich tänzelnden Pferden aufs Fell. Sie machten einen Satz und galoppierten davon.

Joseph lief mit seinen riesigen Schritten neben dem Wagen her. Seine Augen glühten wie grüne Lampen.

Am Osttor riefen die Wächter ihr: »Wer da?« Isaak konnte nicht antworten. Er hatte auch kein Geld im Sack, mit dem er sie hätte bezahlen können. Er war so erregt, daß ihm die Zähne aufeinanderschlugen. Würde er durchs Tor gelassen werden und rechtzeitig zum Richter gelangen?

Fluchend kamen die Wächter mit den Laternen heraus. Der Hauptmann war nicht bei ihnen. Aber ihr Fluchen erstarb, als sie den Golem aus der Dunkelheit auftauchen sahen. Endlich rief einer:

»Laß sie rein! Den Karren da kenne ich. Der gehört dem Häfner, der ein Bruder unseres Hauptmanns ist. Ich weiß nicht, warum er dieses Monstrum als Fuhrmann gedungen hat!«

Joseph führte den Wagen durchs Tor. Sobald sie an die Grenze der Judenstadt kamen, reichte er Isaak die Zügel und begann mit großen Schritten seine Wächterrunde um die Judenstadt.

Isaak hielt die Zügel fest. Er warf nur einen kurzen Blick in die Hofeinfahrt, die ganz im Dunkeln lag. Wie weit war die Frau, die ihm dort das Geldstück gegeben hatte, in die Ereignisse eingeweiht? Wußte sie von dem Raub? War sie immer die Komplizin des Häfners gewesen? Und wo befand sie sich?

Isaak schüttelte diese Fragen ab. Es war nun nicht

mehr wichtig, ob sie etwas von dem, was vorgefallen war, wußte oder nicht.

Vorsichtig lenkte er den Wagen über die steinerne Brücke und warf einen Blick ans dunkle Flußufer hinunter. Waren wirklich erst ein paar Stunden vergangen, seit er den Mönch dort unten hatte liegen sehen? Er trieb die Pferde die gewundene Auffahrt hinauf zum Hradschin. Aus den Palästen der Adelsherren strahlten die Lichter von hundert Kerzen. Isaak hielt vor dem Haus des Richters an. Mit steifen Knien kletterte er vom Bock und band die Zügel an einen von den Eisenringen. Er schlug mit dem Klöppel an die Tür.

Der Richter kam mit der Schlafmütze auf dem Kopf die Treppe herab. Als er Isaak blaß und überwach vor sich sah, schickte er einen Diener nach Wein.

»Bring das Schreibzeug mit!« rief er ihm nach. Dann wandte er sich zu Isaak: »Ist dem Rabbi etwas zugestoßen?« fragte er besorgt.

Isaak schüttelte den Kopf.

»Ich habe deine Aufzeichnungen gelesen. Hat dein Kommen zu dieser ungewöhnlichen Stunde etwas mit ihnen zu tun?«

Ja.

»Der Abt aus dem Kloster war bei mir. Hat der Tod des Mönchs etwas mit deinen Aufzeichnungen zu tun?«

Ja.

»Hast du diesen Mönch gekannt?«

Ja. Isaak deutete auf seine leere Mundhöhle.

»Du willst doch nicht sagen, daß er dir die Zunge genommen hat!«

Doch, genau dieses wollte Isaak sagen. Er nickte heftig. Der Richter schaute ihn ungläubig an.

»Meinst du etwa, er sei gar kein Mönch?«

Ja, das meinte Isaak.

»Was hat er denn dann in diesem Kloster zu suchen gehabt? Wollte er sich dort verstecken?«

Isaak deutete mit den Händen die Formen von Gefäßen an, aber Richter Slava verstand ihn nicht. Ungeduldig schaute Isaak zur Tür. Wann brachte man das Schreibzeug endlich! Jede Minute war kostbar.

Ein Diener kam und stellte einen Becher Wein vor Isaak auf den Tisch. »Nun trink erst, Isaak«, sagte der Richter, »der Wein wird dich durchwärmen.« Dann wurde das Schreibzeug gebracht.

So gut seine zitternde Hand es vermochte, schrieb Isaak:

Dieb hat Raub vom Kloster zur Insel gebracht!

Der Richter warf nur einen kurzen Blick auf das Blatt. »Pferde und Wagen! Häscher!« rief er dem Diener zu.

Isaak wollte dem Richter klarmachen, daß er selbst Pferde und Wagen vor dem Haus hatte. Aber dann dachte er, daß die Pferde des Richters ja viel schneller waren.

Der Richter nahm die Schlafmütze ab und wickelte sich in den Mantel, den der Diener ihm brachte. Vor dem Tor ratterte ein zweirädriger Wagen über das Pflaster. Isaak sah ihn durch eines der hohen Fenster.

Der Diener, der Isaak den Wein gebracht hatte, schaute angewidert auf den Judenjungen, der schmutzig war und keine Zunge im Mund hatte. Was wollten seine Gnaden von ihm? Wurde er alt? Kein Mensch seines Standes ließ sich mitten in der Nacht von einem Judenbengel auf die Straße locken. Er nahm den leeren Becher vom Tisch, spuckte neben Isaak auf den Boden und ging hinaus.

Vor dem Haus waren Fackeln angezündet worden. Die berittenen Häscher nahmen sie entgegen und hielten sie hoch über sich. Vom Fackelschein erschreckt, waren die Pferde kaum zu halten.

»Komm, Junge!« Der Kutscher hob Isaak in den Wagen. Es war Isaak, als kenne er diese Stimme. Sobald der Richter eingestiegen war, setzte sich der Zug in Bewegung, zog die menschenleere Auffahrt hinunter und über den Fluß. Isaak spähte angestrengt nach vorn. Auf der Uferstraße befahl der Richter Galopp. Weit hinter dem Osttor ließ er halten und befahl, die Fackeln zu löschen. Sofort sprangen die Häscher aus den Sätteln und tauchten sie in den Fluß. Die plötzliche Dunkelheit deckte alles zu: die Straße, die Uferböschung, die Bäume. Nur der Fluß verriet sich durch sein leises Schnalzen.

Sobald sich die Augen an die Finsternis gewöhnt hatten, lief Isaak zum Fluß hinunter und suchte die Boote. Hier sah er sie: die beiden großen lagen angekettet im Wasser. Das kleine fehlte. Würde der Richter die Häscher nun auf die Insel schicken?

Der Richter übergab einem von den Häschern die Reitpferde, damit er sie weiter abseits in den Moldauwiesen weiden konnte. Die Kutsche mit dem Wagen schickte er ein Stückweit zur Stadt zurück. Er verteilte die anderen Häscher entlang dem Ufer im Gebüsch.

Alles ging rasch und leise vor sich. Nun nahm der Richter Isaak bei der Hand, sprang mit ihm über den Graben, der jenseits der Straße war, und setzte sich mit ihm auf den Rain. Er öffnete seinen Mantel so weit, daß beide darunter Platz hatten. Lautlos warteten sie. Isaak spürte wohltuend die Wärme des Mannes, die sich im Mantel hielt. Sie beruhigte ihn.

Wenn der Häfner nun doch die Häscher hatte am Ufer herankommen sehen? Würde er sich dann hierher zurückwagen? Aber auch wenn er sie gesehen haben sollte, so konnte er doch nicht wissen, daß es Häscher waren. Auch die Diener der Adeligen trugen in der Nacht Fackeln über sich. Außerdem hatte der Häfner seinen Schatz gewiß nicht auf der Stadtseite vergraben. Wann würde er damit fertig sein? In der Dunkelheit war doch alles so schwierig. Licht konnte er keines anzünden, um sich nicht zu verraten.

Nach einiger Zeit berührte der Richter Isaaks Knie. Sie lauschten beide mit angehaltenem Atem. Ruderschläge kamen näher und näher. Hoffentlich machten die Häscher in ihren Büschen kein Geräusch! Das angestrengte Keuchen des Mannes war zu hören. Dann schabte das Boot auf dem Kies. Die Kette rasselte, und er sprang ans Ufer. In diesem Augenblick riß der Richter den Mantel an sich. Und noch während er aufsprang, rief er: »Fangt ihn!«

Längs des Ufers wurde es laut. Die Häscher liefen zu der Stelle, wo der Häfner an Land gekommen war. Ein Handgemenge entstand. Dann kam eine Stimme: »Wir haben ihn!«

Funken sprühten auf, und neue Fackeln wurden entzündet. Der Kutscher kam zurück, und einige Häscher holten die Pferde ein. Als Isaak hinter dem Richter in den Kreis der Fackeln trat, war der Häfner schon gebunden. Man hob ihn in die Kutsche. Dann half der Richter Isaak hinein und stieg selbst als letzter in den Wagen.

Lange wagte Isaak nicht, den Blick auf den Gefangenen zu richten. Er saß dem Häfner genau gegenüber. Endlich hob er die niedergeschlagenen Lider. Im Fackelschein erkannte er den Mann. Die widerstreitendsten Gefühle verwirrten ihn. Er konnte sich über die Gefangennahme dieses Mannes, den er verabscheute, nicht freuen, wie die Häscher es taten. Und doch war er es ja selbst gewesen, der alles dazu in die Wege geleitet hatte. Hatte ein Mensch denn ein Recht, über einen anderen zu richten?

Mein ist die Rache, spricht der Herr!

Isaak wandte sich ab.

»Bist du sicher, daß er es ist?« fragte der Richter. Isaak nickte müde.

»Das Versteck auf der Insel werden wir morgen mit ihm zusammen schon finden!«

Isaak konnte sich ausmalen, wie das vor sich gehen würde. Den Häfner würde man vor sich herstoßen, ihn vielleicht schlagen, bis er die Stelle preisgab, an der er den Raub vergraben hatte. Beschämt senkte er wieder den Blick. Was hatte doch der Richter für einen furchtbaren Beruf!

Neugierig schauten die Torwächter dem Zug entgegen. Da sie aber den Wagen des Richters erkannten, wagten sie keine Frage.

Dort, wo hinter dem Osttor die Judenstadt begann, stand Joseph. Die Pferde scheuten, als sie ihn sahen. Der Richter beugte sich aus dem Wagen.

»Welch eine riesenhafte Gestalt!« murmelte er. »Der lange, kahle Schädel! Diese schrägen, grünschillernden Augen und diese mächtigen Glieder! Nur ein Mann wie Rabbi Löw kann die Kräfte, die in einem solchen Monstrum stecken, im Zaume halten!«

Joseph streckte die Arme nach Isaak aus, und sanft wie eine Mutter hob er ihn aus dem Wagen.

Verwundert lächelnd hatte der Richter zugeschaut. Nun hob er abschiednehmend die Hand.

»Empfiehl mich dem Mann, den ich vor allen anderen schätze!« Dann schnalzte er mit den Fingern zum Zeichen, daß weitergefahren werden sollte.

Isaak warf einen letzten Blick auf den Häfner, der in zwei oder drei Tagen an den Galgen kommen würde. Und nicht einmal der uralte Spruch, der hartnäckig in seiner Erinnerung aufschien, konnte ihm seine Sicherheit wiedergeben:

»Gerechtigkeit erhöhet ein Volk.«

Gerechtigkeit, hatte der Vater einmal zu Isaak gesagt, Gerechtigkeit gibt es nur bei Gott! Gelobt sei er.

In großer Sorge hatte der Rabbi auf Isaak gewartet. Sein Gesicht war abgezehrt. Aber nun leuchteten seine Augen auf.

Isaak lief auf ihn zu. Mit Tränen in den Augen küßte er dem Rabbi die müde herunterhängende Hand.

Er griff zum Schreibzeug, um ihm sofort alles zu berichten, was geschehen war. Aber der Rabbi, der Isaaks Blässe sah, nahm ihm die Feder aus der Hand.

»Wir wollen schlafen gehen, Isaak. Morgen, ehe der Sabbat beginnt, haben wir eine Menge Zeit.«

Als Isaak allein in der Bücherkammer zurückgeblieben war, konnte er es kaum fassen, daß er nur einen einzigen Tag außerhalb dieses Raumes zugebracht hatte. Es war ihm, als habe er in seinem ganzen Leben noch nie solch ein Heimatgefühl erfahren wie eben jetzt. Es war, als sei er endlich nach langer Zeit wieder daheim.

Langsam verblaßten die Ereignisse des Tages und wurden schemenhaft. Isaak versank in tiefen, traumlosen Schlaf, aus dem er frisch und gestärkt am Morgen erwachte.

»Du mußt noch ein wenig liegenbleiben«, sagte der Rabbi, der schon am Tisch saß. »Abraham Chajim wird gleich kommen und dir Kleider aus seinem Vorrat bringen. Die, die du bis jetzt angehabt hast, müssen gewaschen werden. Ich habe mit Abraham Chajim verabredet, daß er sie dann anstelle der neuen bekommt. Ich habe gemerkt, daß sie anfangen, dir zu klein zu werden.«

Und dann begann der Rabbi zu fragen. Er fragte so geschickt, daß er in kurzer Zeit erfuhr, was am gestrigen Tag geschehen war. Isaak schrieb auch einige Worte auf. So zum Beispiel: Der Richter läßt grüßen.

Und zum Schluß: Heute muß der Häfner das Versteck zeigen.

Dann kam Abraham Chajim und legte die Kleider auf Isaaks Bett. Immer wieder tätschelte er ihm die Wange wie einem verlorenen Sohn, der wider alle Erwartung zurückgekehrt war.

Jakob kam die Stiege herauf, streckte den Kopf zur Tür herein und rief:

»Kommst du nachher mit mir ins Dampfbad, Isaak?«

Isaak zog die neuen Kleider an, die vor ihm wer weiß welcher Mann besessen hatte, und lief an Jakobs Seite durch die Judenstadt zum Bad. Nun war auf dem Synagogenplatz schon ein ordentlich großer Fleck mit Pflastersteinen bedeckt, und viele Menschen standen herum und schauten der Arbeit zu.

»Auch das Badehaus, in das wir gehen, hat Mordechai Maisel der Judenstadt geschenkt. Er ist ein guter Gabbe und ein frommer Mann.«

Isaak genoß das Dampfbad sehr, und als er wieder auf der Straße stand, kam er sich vor wie ein neuer Mensch.

Die gojische Sabbatmagd hatte ihren Dienst schon angetreten.

Die Herzen machten sich schon bereit für die himmlische Braut. Der Rabbi kam mit Abraham Chajim aus dem Haus, und bald war er von den lärmenden Jeschiwe-Bocherim umringt. Als er sich anschickte, mit ihnen und Jakob zum Stadttor hinauszuziehen, um den Sabbat mit Liedern und Sprüchen zu begrüßen, schloß Isaak sich ihnen an. Still ging er mitten zwischen den Studenten, und die Sabbatfreude erfaßte auch ihn, als sie sangen:

Geh, mein Freund, der Braut entgegen!

Nachdem sie draußen gesungen hatten und es Zeit war, mit dem beginnenden Sabbat heimzukehren, zog Isaak mit ihnen in die Synagoge, wo schon die Frauen hinter dem Vorhang wisperten. War Tamar dabei?

Isaak lauschte, ob nicht das ungleiche Klopfen ihres Lattengestells zu hören war. Dann wurde er von der heiligen Handlung umfangen.

Der Chasan begann zu singen. Draußen dunkelte es schon.

Aber plötzlich brach er ab. Unruhe entstand unter den Männern, die der Tür am nächsten waren. Und gleich darauf hörten es alle: Aus der Judenstadt tönte ein furchtbares Klirren und Krachen und störte das Fest. Überfielen die Gojim die Wohnungen der Glaubensbrüder, während sie in der Synagoge versammelt waren? Die Frauen hinter dem Vorhang weinten.

Abraham Chajim war hinausgelaufen, um nachzusehen. Nun kam er mit schreckensbleichem Gesicht zurück. Er eilte zum Hochsitz, zog den Rabbi am Ärmel und raunte ihm etwas zu. Laut sagte er: »Nicht die Gojim!«

Rabbi Löw fuhr zusammen, erhob sich rasch und lief hinter Abraham Chajim aus dem Gotteshaus.

Die Gemeinde blieb wie erstarrt. Das hatte es noch nie gegeben, daß ein Rabbi beim ersten Sabbatgottesdienst aus der Synagoge lief. Es mußte etwas Schreckliches geschehen sein! Ein Klagen und Weinen hub an. Manche warfen sich vor dem Thoraschrein nieder, wie der Vorbeter es am Versöhnungstag tut. Sie riefen kauernd mit lauter Stimme Gott an. Was war nur geschehen?

Isaak war hinter dem Rabbi aus der Synagoge geschlüpft. Er hatte Angst um ihn. Er wollte ihm nahe sein.

Der Rabbi und Abraham Chajim liefen dem Krachen

und Klirren entgegen. Und als Isaak mit ihnen um die Ecke gebogen war, sahen sie Joseph, der mit wildem Gesicht mit seinen schweren Fäusten Fensterscheiben zerhieb, Läden ausriß, Ziegel von den Dächern fegte, und der mit seinen plumpen Füßen Türen eintrat. Er riß ein Geländer von einer Treppe und zertrampelte es in kleine Splitter.

Als er den Rabbi auf sich zukommen sah, blieb er vor ihm stehen und lachte stumm und tölpelhaft.

»Komm nach Hause!« rief der Rabbi. Und folgsam wie ein Lämmchen trottete der Golem ihm nach.

Abraham Chajim sagte: »Der Rabbi hat heute morgen vergessen, dem Wächter den Sabbatbefehl zu geben. Sonst hat er das jedesmal am Freitagmorgen schon getan. Jetzt in der Dämmerung ist Joseph wach geworden wie immer. Da er aber keinen Befehl in seinem Beutel hatte, hat sich die Kraft, die er im Schlaf gewonnen hat, selbständig gemacht. Und weil er kein eigenes Denken besitzt, hat er diese Kraft nicht auf etwas Nützliches anwenden können. Sie brach aus ihm hervor und riß ihn mit.

Der Rabbi hat ihn jetzt wohl mit in die Bücherkammer genommen, um ihm den Befehl in den Beutel zu stecken. Damit wird er den Sabbat entehren, denn es ist nicht erlaubt, am Sabbat Befehle zu erteilen.«

Ja, dachte Isaak, heute morgen war der Rabbi mit meinen Erlebnissen beschäftigt. Darum hat er den Golem vergessen. Ich selbst war es, der den Rabbi abgelenkt hat. Ich bin an allem schuld!

»Geh in die Synagoge!« befahl Abraham Chajim mit düsterem Gesicht. Isaak warf noch einen Blick auf das

Haus des Rabbi; Joseph verließ es in diesem Augenblick. Er begann seine übliche Runde um die Stadt.

Sehr ernst kehrten Rabbi Löw und Abraham Chajim in die Synagoge zurück. Ohne ein Wort zu sprechen, forderte der Rabbi den Chasan mit einer Handbewegung auf, den Gottesdienst fortzusetzen. Die Sabbatfeier lief in gewohnter Feierlichkeit ab. Und doch war der heilige Tag entehrt. Nachdem der Rabbi ihnen über das Vorgefallene berichtet hatte, gingen alle niedergeschlagen nach Hause.

Isaak sah den Rabbi nicht an. Er schämte sich für ihn, und er schämte sich für sich selbst. Dieser Sabbat war befleckt. Heute waren die Juden dieser Stadt schuldig vor dem Herrn.

Das Kupferstück

Sobald der Sabbat vorüber war, legte der Rabbi den Leidschurz an und kniete in der Bücherkammer zu den Sühnegebeten nieder. Und Isaak tat es dem Rabbi gleich. Ach, wollte Gott wegen dieser Schuld doch kein Unglück über die Judenstadt bringen!

Der Rabbi betete lang und versenkte sich tief. Dann stand er auf, legte den Leidschurz und den Talis ab und bat Isaak, nach Abraham Chajim Ausschau zu halten. Er möge sofort zu ihm kommen.

Isaak lief zum Haus des Goldschmieds. Warum pochte sein Herz so sonderbar?

Zwei Männer standen vor dem Durchlaß und berieten, wie sie hier das Pflaster anbringen könnten, damit nicht mehr das ganze Regenwasser unter dem Durchlaß hindurchfloß in den Hof. Sie hatten eine Schnur gespannt, die die Richtung der Regenrinne anzeigte. Isaak stieg darüber und stand vor der niedrigen Tür. Er pochte.

Die ungleichen Schritte, auf die er gehofft hatte, kamen heran. Der Guckladen wurde geöffnet, und Isaak sah zwei große Augen, vor denen er die seinen niederschlug.

»Ach, du bist es!« rief Tamar, ohne zu öffnen. »Willst du zum Vater?«

Isaak nickte, ohne aufzuschauen.

»Schickt dich der Rabbi, oder kommst du von dir aus?«

Isaak deutete auf sich und schüttelte den Kopf. Würde Tamar seine Zeichensprache verstehen? Sie hatte noch nicht gelernt, daß man einem Stummen nie zwei Fragen gleichzeitig stellen kann.

»Ich weiß nicht, was du meinst, vielleicht habe ich falsch gefragt. Ich bitte dich, verzeih.«

Isaak nickte lächelnd. Er hob den Blick nicht zum Guckladen empor. Er legte die Hand wie einen Trichter ans Ohr zum Zeichen, daß er ihre Frage gern hören wolle.

Tamar sagte: »Es ist ja gleichgültig, ob du von dir aus kommst oder vom Rabbi. Der Vater freut sich immer, wenn er dich sieht. Seit du mit ihm zu den Grauen Brüdern gefahren bist, ist er immer vergnügt. Ich muß dir das sagen, weil es vor dir noch keiner fertiggebracht hat. – Übrigens, sein Wagen steht heute beim Osttor. – Hast du auch einen Vater?«

Isaak schüttelte traurig den Kopf. Einen Augenblick lang dachte er an den Oheim, und das schlechte Gewissen regte sich, weil er sich nie mehr um ihn gekümmert hatte.

»Es tut mir leid, Isaak«, sagte Tamar. »Also, such den Vater am Tor.«

Der Guckladen wurde geschlossen. Isaak stand noch eine Weile wie verloren vor der Tür. Die Männer waren mit der Schnur nun von der Gasse in den Durchlaß gekommen. Sie besprachen sich laut. Isaak drückte sich an ihnen vorbei und lief zum Tor, wo er schon von weitem Abraham Chajims Wagen stehen sah.

Aus dem Hof kam die Frau, die ihm damals das Kupferstück gegeben hatte. Sie trug den roten Rock auf dem Arm herbei, um ihn an Abraham Chajim zu verkaufen. Vielleicht brauchte sie den Erlös, um den Kerkermeister zu bestechen, damit sie ihren Liebsten noch einmal sehen konnte.

Abraham Chajim nahm ihr den Rock aus der Hand und wandte ihn begutachtend hin und her. Dann warf er ihn auf den Wagen und holte einige Münzen unter dem Kaftan vor.

Die Frau schüttelte den Kopf, nahm die Münzen dann aber doch. Und als sie mit ihnen in die Hofeinfahrt zurückging, sah Isaak, daß sie weinte. Er begriff, daß sie den Häfner liebgehabt hatte.

Isaak bedeutete Abraham Chajim, daß der Rabbi auf ihn wartete. Allein schob er den Kleiderkarren nach Hause, während der Schammes zum Rabbi lief.

Die Männer waren im Durchlaß nicht mehr zu sehen. Sie hatten hier unten auch keine Schnur gespannt.

Isaak stellte den Wagen ab, wie er es bei Abraham Chajim gesehen hatte.

Tamar kam mit einer Plane aus dem Haus. Sie hatte das Rumpeln des Karrens gehört. Als sie sah, daß nicht der Vater, sondern Isaak den Wagen gebracht hatte, errötete sie. Ungeschickt stakste sie heran und deckte wortlos die Plane über den Karren. Dann nahm sie einen Strick und zurrte sie fest.

Rasch wandte sie sich ab, und während sie ins Haus humpelte, fragte sie, ohne zum Wagen zurückzuschauen: »Ist er beim Rabbi?«

Isaak stand noch immer neben dem Karren. Er hielt die Seilenden zwischen den Fingern, die sie zusammengeknüpft hatte. Er antwortete nicht, denn er konnte es nicht.

Da blieb sie stehen und schaute ihn voll an. Isaak hob den Blick zu ihren Augen und nickte.

Isaak ging gedankenverloren nach Hause. Er hatte schon die Hand auf die Türklinke gelegt, da kam ein Junge auf ihn zugelaufen.

»Bist du der stumme Sohn des Rabbi?« rief er.

Als er nahe herbeigekommen war, sah Isaak an seiner Kleidung, daß er zur Dienerschaft des Richters gehörte.

Isaak nickte. Ja, der bin ich. Es war für Isaak keine Lüge, denn der Rabbi war sein Vater geworden.

»Ich habe einen Brief an den Rabbi zu besorgen. Kann ich ihn dir geben?«

Das kannst du.

Der Diener reichte ihm den Brief. Es war nur eine kurze Nachricht auf einem zusammengefalteten Blatt.

Warte! bedeutete Isaak dem Jungen. Er grub in seiner Tasche und fand das kleine Kupferstück, das die Frau mit dem roten Rock ihm vormals gegeben hatte. Er hatte es immer aufbewahrt.

Der Junge nahm es vergnügt. Plötzlich spie er darauf, warf es zu Boden und trampelte darauf herum. Dann erst hob er es auf und steckte es in den Sack.

»Man muß vorsichtig sein bei euch«, sagte er, als wolle er sich entschuldigen. »Man sagt, daß es bei euerem Rabbi spukt!«

Isaak hob die Schultern. Und als der Junge sah, daß es weder ja noch nein heißen sollte, lief er ängstlich davon.

Isaak schaute ihm sinnend nach; und auch er fragte sich noch ein letztes Mal: War es nun Zauberei oder war es keine, was der Rabbi tat? An den Pfosten der Haustür gelehnt, dachte Isaak lange nach. Wie sollte man das unterscheiden?

Endlich gab er sich selbst die Antwort:

Die Zauberer ziehen ihre Kraft aus der Natur. Die Weisen erhalten sie aus den zehn Sephiroth, aus den zehn Umkreisen der Gottheit. Beides sind sehr starke und wirksame Kräfte. Aber seit vor den Augen des Moses der Dornbusch gebrannt hatte, ohne zu verbrennen, war es nicht mehr erlaubt, die Gewalten, die in der Natur schlummerten, zum Zaubern aufzuwecken. Auch der Rabbi hatte das nicht getan. Er hatte die vier Ellen der Halacha nicht übertreten, er war ein Sohn des Gesetzes geblieben.

Isaak wandte sich um und griff nach der Klinke. Da fiel sein Blick auf den Brief des Richters, der ihm aus der Hand gefallen war. Er bückte sich danach und las die wenigen Worte, die auf dem aufgefalteten Zettel standen:

»Rabbi, die Schale ist vor meinen Augen verschwunden. In einer Woche will ich zu dir kommen, um von dir ihr Geheimnis zu erfahren.

Slava«

Zu Staub

Der Rabbi saß mit Abraham Chajim und Jakob am Tisch in der Bücherkammer. Ihre Gesichter waren ernst. Als der Rabbi den Brief des Richters gelesen hatte, legte er die Hände über ihn und sagte: »Nun darf geschehen, was geschehen muß.«

Ehe er weitersprach, lehnte er sich im Stuhl zurück.

»Die Ereignisse des vergangenen Sabbat, die Gott – sein Name sei geheiligt – mir nicht anrechnen möge, haben mir eine Einsicht gebracht, die ich euch nicht vorenthalten möchte.

Wir haben ein Gebilde, das aus den vier Elementen bestand, durch den Schemot belebt, um ein Werkzeug zu haben, das dem Schutz der Judenstadt dient. Dieses Werkzeug hat so lange seinen Dienst genau nach Anweisung getan, solang nicht versäumt wurde, diese Anweisung zu geben.

Am Freitag habe ich es vergessen.

Das Werkzeug hat sich verselbständigt, das heißt: die in seiner Natur wohnende Gewalt. Wenn ich nicht den Sabbat entweiht hätte, um ihm endlich einen Befehl zu geben, dann hätte der Wächter die ganze Judenstadt zerstört. Joseph gleicht zwar einem Menschen, aber das ist nur Schein. In Wahrheit fehlt ihm die moralische Vernunft. Die muß der Mensch ihm liefern, und zwar jeden Tag aufs neue. Wehe denjenigen Menschen, die solch ein gewaltiges Werkzeug zu Schandtaten mißbrauchen! Es wäre möglich. Die Folgen wären nicht abzusehen.

In diesem Golem stecken also zwei Gefahren. Einmal, daß seine Urkräfte ausbrechen, weil sie vom Menschen nicht gelenkt werden; zum anderen, daß ihn irgend jemand zu bösen Taten gebraucht.

Mein Gewissen befiehlt mir deshalb, den Golem wieder zu zerstören. Um diese Einsicht habe ich den ganzen Tag gerungen. Aber welcher Mensch kann von sich behaupten, daß ihm niemals ein Fehler in der Handhabung eines solchen Werkzeuges unterlaufen wird?

Menschliches Versagen ist entschuldbar. Aber unverzeihlich wäre der Hochmut, mit dem man menschliches Versagen abstreitet!

Ich bitte euch also, meine Freunde, daß ihr mich morgen früh – sobald Joseph von seiner nächtlichen Runde zurückkommt – aus freiem Willen auf den Dachboden der Synagoge begleitet. Dort wollen wir den Verzicht auf den Golem leisten. Ich glaube, solang Richter Slava sein Amt versieht, wird die Judenstadt den Wächter nicht mehr benötigen.«

Nach den Worten des Rabbi versenkten sich die Männer, um ihre Seelen zu befragen. In sich gekehrt saßen sie da. Eine Fliege kroch über Abraham Chajims Gesicht. Er merkte es nicht. Auch für Isaak verschwand auf einmal der äußere Raum, wenn auch nur für einen Augenblick. In seiner Seele war noch zu vieles, was ihn beunruhigte.

Leise stand er auf und schlich die Stiege hinunter. Da schlief der Golem zusammengekauert in seinem Winkel. Er sah so friedlich aus. Isaak konnte es kaum glauben, daß er kein menschliches Wesen war. Hatte ihn dieser Wächter nicht wie eine Mutter auf den Armen getragen? Hatte er ihn nicht aus großer Gefahr befreit? Und nun sollten diese schweren, langen Glieder wieder zu Staub zerfallen? Würden Abraham Chajim und Jakob wirklich zustimmen, wenn der Rabbi das Werk, an dem sie mitgearbeitet hatten, zunichte machte? Warum hatte der Rabbi betont, daß sie aus freiem Willen das Werk rückgängig machen müßten?

Isaak ging aus dem Haus. Es trieb ihn dorthin, wo der Golem sein Wächteramt verrichtet hatte. Die Handwerker in der Gasse grüßten wie immer. Sie winkten ihm zu. Was würden sie sagen, wenn sie erfuhren, daß sie ihres Wächters beraubt werden sollten? Sie hatten ihm die Zerstörung ihrer Fenster und Türen nicht übelgenommen. Gutmütig hatten sie alles wieder instand gesetzt, als sei der Golem nur ein mutwilliges, großes Kind.

Isaak umrundete die Judenstadt. Er brauchte viel Zeit dazu. Spät kehrte er nach Hause zurück.

Aus dem Wohnzimmer tönte Sulamiths Lachen und die freudige Stimme der Rebbezin. Die Frauen waren unbeschwert. Sie mußten solche schwerwiegenden

Gedanken nicht denken. Es stand ihnen ja auch gar nicht zu.

In dieser Nacht lief Isaak unruhig in der Bücherkammer auf und ab. Er konnte nicht schlafen. Es war die letzte Nacht, in der der Golem wachte. Hätte man es ihm nicht sagen sollen? Wie würde er es aufnehmen, wenn er erfuhr, daß er bald nicht mehr war? Konnte er eine Sache, die ihn selbst betraf, überhaupt begreifen? Isaak blieb mit einem Mal stehen: Wußte der Golem überhaupt etwas über sich selbst? Wußte er zum Beispiel, daß er keine Zunge hatte?

Nach langem Sinnen sagte sich Isaak, daß es der Golem nicht wußte. Kopfschüttelnd setzte er sich auf sein Lager. Doch, ja, das war der Grund, warum er keine moralische Vernunft haben konnte, wie der Rabbi gesagt hatte: es gab in ihm kein Selbst, und darum wußte er auch nichts über sich.

Es war Mitternacht, und der Rabbi stieg die Treppe herauf, um zu beten.

Miteinander blieben sie dann wach, bis der Morgen kam. Sie verrichteten die vorgeschriebenen Waschungen, dann setzten sie sich abwartend hin, bis sie die Schritte des Golem hörten.

Der Rabbi stand auf.

»Joseph, mein Diener«, begann er, »war alles ruhig in der Judenstadt?«

Joseph nickte. Sein Gesicht sah fröhlich aus.

»Ich danke dir für deine Dienste, Joseph. Ich brauche sie nicht mehr. Aber jetzt habe ich noch einen letzten Befehl für dich.«

Ohne einen Schimmer von Traurigkeit schaute Joseph den Rabbi an, während aus seinem Rumpf die tiefe Stimme ertönte:

»Herr, rede, dein Diener hört.«

»Hol bei Abraham Chajim den Schlüssel von der Synagoge. Geh und steig dort auf den hohen Dachboden. Leg dich zum Schlafen nieder, wo es dir gefällt.«

Sofort ging der Golem weg. Traurig schaute Isaak ihm nach. Ein wenig später kamen Abraham Chajim und Jakob herauf, und der Rabbi sagte seufzend: »Also gehen wir.«

Die Alt-Neu-Synagoge hat einen Treppengiebel und ein hohes steiles Dach mit vielen Luken. Isaak schaute zu diesem Dach hinauf, als er hinter den Männern herlief. Er war nahe daran zu weinen.

Sogleich, als sie die Synagoge betreten hatten, hörten sie den Golem droben schnarchen. Es dröhnte fürchterlich. Schweigend stiegen sie auf den Dachboden. Joseph hatte sich auf einen Berg alter Schriften gelegt wie auf ein Bett. Lang blieben die Männer vor ihm stehen und betrachteten ihn. Was ging in ihnen vor? Lief die Zeit in ihrer Erinnerung zurück bis zu jenem Tag auf der Insel?

»Wir wollen ihn umschreiten«, sagte der Rabbi endlich leise.

Er führte die Männer um den schlafenden Golem herum, aber in umgekehrter Richtung als damals auf der Insel. Dann traten Jakob und Abraham Chajim von der Gestalt zurück.

Der Rabbi hob die Hände und nahm singend den Spruch zurück, mit dem er damals das Element der Luft an den Erdenkloß gebunden hatte. Das Schnarchen des Golem hörte auf. Er hörte auf zu atmen, und seine Brust fiel ein.

Nun hob auch Jakob die Hände und sang den Spruch, mit dem er das wäßrige Element von der Gestalt loslöste. Die Oberfläche des Körpers wurde trocken, die Haut schwand dahin, und die Adern verdorrten. Danach trat Abraham Chajim an den Golem heran und nahm das Element des Feuers von ihm. Die Röte der irdenen Glieder wich, und sie sahen wieder aus wie Lehm.

Nun trat der Rabbi vor, faßte dem Golem in den Mund und zog den Schem heraus, mit dem er ihn belebt hatte.

Sofort zerfiel die Gestalt, und auf den Büchern blieb nichts zurück als eine Lage Staub.

Isaak hatte alles mit brennenden Augen verfolgt. Nun war in seinem Herzen eine große Leere. Benommen ging er hinter den Männern die Stiege hinunter.

In der Synagoge verabschiedeten sie sich von Abraham Chajim. Er mußte den Trauhimmel zurechtmachen, den die Gemeinde morgen über Jakob und Sulamith aufspannen würde, wie die Sitte es befahl, denn morgen war ihre Hochzeit.

Als Isaak mit den beiden Männern auf das Haus des Rabbi zuging, kamen schon die jungen Mädchen aus der Judenstadt und brachten die Blumen, mit denen sie das Haus schmücken wollten: Astern, Dahlien und Rosen.

Vielleicht, dachte Isaak, ist es doch nicht ganz ausgeschlossen, daß auch ich eines Tages solch ein Fest haben werde.

Und er dachte an die ersten Worte, die Gott – sein Name sei geheiligt – zu den Menschen gesprochen hatte:

Seid fruchtbar und mehret euch!

Weil er aber noch um den Golem trauerte, vertrug er die Fröhlichkeit der Mädchen nicht.

Womöglich werden sie jetzt, dachte er ergrimmt, ihre Blumenkörbe in den Winkel unter die Treppe stellen und nicht wissen, daß dort Josephs Platz gewesen ist. Er aber, Isaak, würde nie an diesem Winkel vorbeigehen können, ohne Kummer zu empfinden.

Vergrämt lief er zum Fluß hinunter und setzte sich ans Ufer.

Die Moldau floß leise gurgelnd dahin. Von Süden kommend, umzog sie nach Osten die Judenstadt. Aber dann, in der Ferne, die man mit den Blicken nicht erreichen konnte, bog sie nach Norden und mündete in die Elbe, an der Isaaks Heimatstadt lag. Einen Augenblick fragte er sich, ob wohl der Oheim noch lebte?

Dann sah er wieder auf den Fluß. Lichtstrahlen vergoldeten seinen steinigen Grund, wo Seichte war. Fische wimmelten darüber hin. Lastkähne zogen durch Isaaks ruhenden Blick. Die Staker sangen.

Noch waren Burg und Kirche auf dem Hradschin von der Sonne beleuchtet. Die goldenen Kugeln auf den Spitzen der Schieferdächer funkelten.

Erst als der letzte Schein verschwunden war, ging Isaak heim.

Die Hochzeit

Die Hochzeit von Jakob und Sulamith war feierlich und schön gewesen und wandelte sich in Fröhlichkeit. Einige Mädchen, zwei Freunde des Rabbi und eine Freundin der Rebbezin waren gekommen. Verwandte hatten sie ja in dieser Gegend nicht. Aber Jakobs Verwandte waren da. Das Fest gelangte zu seinem Höhepunkt, als man den Neuvermählten die ›goldene Suppe‹ zu essen gab: die erste Mahlzeit, die sie aus einem gemeinsamen Teller zu sich nehmen durften.

Der Rabbi und ›seine liebe Perle‹ schauten gerührt auf das junge Paar. Ihre eigene Hochzeit in Worms kam ihnen vor Augen. Sulamith, die den Blick der Großeltern gesehen hatte, nahm aus ihrem Hochzeitsstrauß die beiden schönsten Rosen und gab sie ihnen.

»Das darf ich doch?« fragte sie Jakob und legte ihre Hand auf die seine.

Der Rabbi stand vom Tisch auf und ging zu seinem Ohrenstuhl im Hintergrund der Stube. Er nahm lieber aus der Ferne an der lauten Freude teil, die um den Tisch herum herrschte.

Nahe bei ihm setzte sich Isaak auf den Boden. Abraham Chajim schaute zu ihnen hin, und auch er nahm seinen Stuhl und kam in die Ecke.

»Ein schöner Tag!« sagte der Rabbi lächelnd und hob die Rose, die er noch in der Hand hielt, an die Nase. »Dieser Duft!«

Aber mit einem Mal verfärbte sich sein Gesicht, und sein Kopf sank in die Ecke des Lehnstuhls.

Abraham Chajim war aufgesprungen.

»Der Rabbi!« rief er entsetzt.

Rabbi Löw lächelte schwach und hob abwehrend ein wenig die Hand.

»Holt kleine Kinder aus dem Chejder!« rief Jakobs Vater und lief gleich selbst in die Kinderschule.

Ach, möge es doch nützen! flehte Isaak. Er ließ keinen Blick von des Rabbi Gesicht, das die Rebbezin jetzt mit einer wohlriechenden Essenz betupfte. Möge es nützen, das Gebet der unschuldigen Kinder, das einen Sterbenden ins Leben zurückrufen kann!

Abraham Chajim hatte von oben das Schreibzeug geholt. Jetzt schrieb er mit zitternder Hand:

Ich gebe zwanzig Jahre.

»Und du?« fragte er Isaak, »wieviel Jahre gibst du ihm?«

Ja, es war eine alte Sitte, einem Sterbenden von den eigenen Lebensjahren zu geben. Vielleicht sah Gott dieses Opfer gnädig an, und der Rabbi blieb am Leben?

Als Isaak nach dem Federkiel griff, kam noch einmal die große Versuchung über ihn:

Wenn ich dem Rabbi zwanzig von meinen Lebensjahren schenke, bin ich jetzt dreiunddreißig und darf den Sohar lesen! Dann könnte ich das wirkende Wort für eine neue Zunge vielleicht doch noch finden!

Nur kurz war diese Versuchung an Isaak herangetreten. Er schüttelte sie unwillig ab. Ruhig nahm er von Abraham Chajim das Papier entgegen und schrieb mit sicherer Hand:

Ich gebe dem Rabbi mein ganzes Leben, denn es gehört ihm, da er es gerettet hat.

Erschrocken hatte Abraham Chajim zugeschaut, während Isaak geschrieben hatte. Wenn Gott – sein Name sei geheiligt – nun Ernst machte mit diesem Opfer?

Aber Gott wollte Isaaks Opfer nicht. Das Leben wich zusehends aus Jehuda Ben Bezallel, und Semael, der Engel des Todes, kam mit seinem blaufunkelnden Schwert, auf dem der allerheiligste der siebzig Namen Gottes leuchtet. Er ließ sich auch nicht mehr von dem fremden Namen täuschen, den Abraham Chajim auf ein Zettelchen geschrieben und dem Rabbi unter die Lende geschoben hatte. Er wollte den haben, der am Duft der Rose gestorben war: den Vollendeten.

Isaak floh aus dem Zimmer. Das Gesetz verbietet einem Nachfahren des Priesters Aaron, in einem Haus zu verweilen, in dem ein Toter liegt. Hastig ergriff er in der Bücherkammer Hut, Mantel und das Beutelchen mit den Silberstücken. Als er die Stiege wieder hinunterjagte, versammelten sich schon die Klageweiber, und zwei von Jakobs Verwandten waren dabei, Wasser vor dem Haus auf die Gasse zu leeren.

Weinend ging Isaak durch die Judenstadt davon. Er passierte das Tor, durch das der Rabbi ihn mit Jakobs Hilfe in die Stadt getragen hatte.

Die Stadt lag schon weit hinter ihm, als er endlich ruhiger wurde. Mehrere Tage würde er nun so weiterziehen, bis zu seiner Heimatstadt. Aber bald würde sich auch der Rabbi auf einer Wanderung befinden. Denn auf unterirdischen Wegen wanderten die Abgeschiedenen, sobald sie im Haus des Lebens bestattet waren, nach Jerusalem. Eines Tages würden dort alle

Kinder Abrahams vereinigt sein. Dann war die finstere Galut zu Ende, und er, Isaak, würde den Rabbi und die Eltern wiedersehen.

Erklärungen jüdischer Begriffe

al kiddusch haschem	etwa: Zur Ehre Gottes, zur Verherrlichung seines Namens
Am ha Arez	Ein ganz Ungebildeter
Alchimisten	vorwissenschaftliche Chemiker
Barmizwe	Einsegnungsfeier, die etwa der christlichen Konfirmation bzw. Firmung entspricht
benschen	segnen, aussegnen
Bütte	Kübel (Das Ausschütten des Wassers bedeutet das Wegrinnen des Lebens bei einem Sterbenden.)
Challe	Hefezopf
Chasan	Kantor
Chejder	Vorschule für kleine Knaben, in der sie singend Thora-Verse lernen
Dämonen	unsichtbare, den Menschen verführende Gewalten
Dybuk	niederes boshaftes Geistwesen
Fasten	Übung zum Reinigen von Leib und Seele
Galut	Verbannung aus Jerusalem, Zerstreuung in die Welt
gam su letowa	›Möge es gutgehen!‹ Stoßgebet
Gabbe	Ortsvorsteher, Bürgermeister
Gebetsriemen	Lederriemen, die zum Zeichen der Sammlung um Stirn und Arm gewunden werden
Gemara	Vollständige Erklärung derjenigen Fragen zur Anwendung der Lehre,

	die nach dem zweiten Jahrhundert entstanden sind.
Ghetto	Abgegrenzter Wohnbezirk jüd. Bürger
Golem	menschenähnlich geformter Erdenkloß
Goj, Gojim (Mehrz.)	Christ, Christen
Halacha	streng eingegrenztes Gesetz
Haus des Lebens	Friedhof
Ibbur	das geistig am höchsten entwickelte Ich, das jeder Mensch eines Tages in sich aufleuchten spürt
Jeschiwe	jüd.-theol. Hochschule
Jeschiwe-Bocherim (od. Bochers)	Studenten dieser Hochschule
Jiddisch	regional abgewandeltes Mittelhochdeutsch, wurde im Ostjudentum gesprochen
Kaftan	gerade geschnittenes orientalisches Obergewand
Kantor	Vorsänger
Kipl	Schädelkäppchen
Klageweiber	Frauen, die von den Hinterbliebenen zum Ausüben der Totenklage gedungen werden
Ksibbe	Ehevertrag
Kwanoth	geistige Versenkung, Meditation
Leidschurz	entspricht etwa dem mittelalt. Bußgewand
Lilith	halbmenschliche Gefährtin Adams vor der Erschaffung der Eva
Losche	armseliger Klepper
Malach	ein Engel aus dem Umkreis Gottes
Matze	ungesäuertes Osterbrot
Messusa	Glasröhrchen mit eingefügtem Segensspruch, am Türpfosten jeder jüd. Wohnung

Mischna	ausführliche Niederschrift der Gesetze
Narde	indischer Baldrian, Gewürz
Neschama jetra	vierte, höchste, Seelenstufe, welche an jedem Sabbat als Vorahnung der einstigen Seligkeit die drei niederen Bereiche besucht
Nephil	Dunkelgeist
Peies	Schläfenlocken, die nicht geschnitten werden dürfen
Parzufim	die fünf Aspekte, bzw. Urbilder, nach welchen der Mensch erschaffen wurde
Rabbi	Titel der theol. Führer: Rabbiner, auch Meister
Rebbezin	die Frau des Rabbi
Reb Jid	soviel wie ›Bruder Nachbar‹
Rosinenkiggel	Gugelhupf
Sabbat	Samstag, geheiligter Wochentag
Sabbatmagd	christliches Dienstmädchen für die Zeit, in der den Juden das Arbeiten verboten ist
Sarahat	schorfige Hautkrankheit
Semael	Todesengel
Sephiroth	zehnfacher Engelumkreis Gottes
Sod	Frage- und Antwortspiel, reihum nach Feierabend
Sohar	›Buch des Glanzes‹, alte Geheimlehre
Schadchen	Heiratsvermittler
Schammes	Synagogendiener
Schechina	theolog. Promotion, Doktorwürde
Schemot (Schem)	Umschreibung des unaussprechlichen Gottesnamens
Scheol	die Un-Welt, das Nichts
Scholem alejchem	Friedensgruß
Schnorrer	freigehaltener Essensempfänger

Schulklopper	weckt die Gläubigen zum Morgengebet, indem er von Haus zu Haus geht und an die Türen klopft
Stachel	boshafter Naturgeist
Synagoge	jüd. Gebetshaus, in dem auch gelehrt wird. Darum auch ›Schul‹ genannt
Talis	Fransenschal, der traditionsgemäß zum Beten übergelegt wird
Thora	die fünf Bücher Mose
Twellen	siehe Gebetsriemen
Zimzum	zusammenballende Kraft, der z. B. die Entstehung der Erde zu verdanken ist

Die Schreibweise der jiddischen Begriffe unterliegt jeweils regionalen und zeitlichen Veränderungen.

Fischer Schatzinsel

Taschenbücher für Kinder

Joan Aiken
Arabels Geburtstag
Band 80036
Arabels Rabe
Band 80016
Arabel und die entflohene Schwarze Mamba
Band 80017
Das Geheimnis um das verschwundene Taxi
Band 80040
Ferien mit Mortimer
Band 80043
Mortimers Krawatte
Band 80039
Mortimers Kreuz
Band 80131
Mortimer und die Brottrommel
Band 80038

Joan Aiken
Mortimer und das Schwert Excalibur
Band 80018
Die Wendeltreppe
Band 80042

Margaret Atwood
Hoch oben im Baum
Band 80001

Edith Baer
Es fiel ein Reif in der Frühlingsnacht
Band 80076

Marlies Bardeli
Merle kann nicht singen
Band 80073

Lotte Betke
Herbstwind
Band 80029

Ulrike Blaschek-Krawczyk (Hg.)
Zauberpferd und Nebelriese
Märchen zum Vorlesen
Band 80160

Nortrud Boge-Erli
Das Glück der Elli G.
Band 80059

Maj Bylock
Purzelbaum und Liebesbrief
Band 80005

Robert Cormier
Auf der Eisenbahnbrücke
Band 80033
Der Schokoladenkrieg
Band 80012

Fischer Taschenbuch Verlag

fi 6007 / 4 a

Fischer Schatzinsel

Taschenbücher für Kinder

Jutta Schlott
Kalter Mai
Band 80058

Annie M.G.Schmidt
Wiplala
Band 80020

Robert W. Schnell
Pulle und Pummi
Band 80075

Nava Semel
Gerschona
Band 80035

Russell Stannard
Durch Raum und Zeit mit Onkel Albert
Eine Geschichte um Einstein und seine Theorie
Band 80015

Russell Stannard
Onkel Albert und die kleinsten Teilchen
Band 80104
Onkel Albert und der Urknall
Band 80055

Ulf Stark
Kannst du pfeifen, Johanna
Band 80132
Percys Turnschuhe
Band 80030

William Steig
Dominic
Band 80070

Klaus Steinvorth
Achmed
Der Aufstand der Kinder
Band 80106

Dolf Verroen
So geht es dir, wenn Krieg ist
Band 80094

Ida Vos
Wer nicht weg ist, wird gesehen
Band 80142

Uwe Wandrey
Gummibärs Glück
Band 80027

Robert Westall
Das Versprechen
Band 80159
Yaxleys Katze
Band 80024

David Henry Wilson
Was macht der Wolf in meinem Pudding
Band 80080

Fischer Taschenbuch Verlag

fi 6007 / 1 e